小食部

作者
鄒芷茵

插圖 麥東記

「後話

2

推薦序一

陳靜宜——飲食作家

日前參加台北晶華軒一場餐宴，菜單上走到「季節時蔬」這道菜，時蔬往往被視為樂曲的間奏，不太是重頭戲，但主廚鄔海明仍嚴陣以待，他端上了油菜拌蟹肉絲。

一把才台幣十五元的油菜，如何穿梭在華麗的鮑參肚翅中，不高調、不幫襯，就做它自己呢？一嚐，爽脆清雅，不俗之作，讓我印象深刻。他解釋只取油菜中段切粒，溫油清炒殺青，以雞湯汆煮，落一點現拆蟹肉絲，並強調，「蟹肉絲不能多，多了就喧賓奪主。」

這也是我讀《小食部》的感想，在欲望橫流的美食奇文中，鄒芷茵談飲食，小心翼翼、拿捏分寸，不賣弄不說教，是人間的小清新。

其文字細膩、安靜，儼然是大時代裡的一家屋，一盞燈，一則故事。

鄒芷茵現職香港恒生大學中文系助理教授，從事香港地區刊物、報刊及飲食文學研究。她在大學時代開始發表文藝創作，攻讀碩士時，著手研究香港飲食文學，二〇一七年嘗試結合飲食與藝文創作。

《小食部》是集結她二〇一九到二〇二一年在香港《明報》、《聲韻詩刊》專欄的文章。這段時間正好是全球疫情階段，字裡行間是香港疫情下常民的縮影，也間接窺見大學教職生涯的點滴。

有別於飲食作家陳夢因（特級校對）、蔡瀾説一不二的權威式書寫，中生代的她提供新的視角與語彙，帶給人們更多窺探香港飲食與尋常百姓生活的空間。

《小食部》延續上一本作品《食字餐桌》，兩者題材相近，但減少了引經據典的篇幅，更多是舒展自己生活。她偶爾穿插大師名作，並串接時下通俗戲劇或日本動漫，拉近與現代人的距離。而這些串接，讓閱讀有一點喘息、停歇的機會，那並非直達車，而是輾轉轉車的過程，儘管多花了一點時間，終究會到目的地，賺到的是更多沿途風景，而且不只是你在列車上看風景，而是風景也看你。

她所寫的〈茶葉蛋〉，是我讀過關於茶葉蛋的文章裡，寫得最好的一篇：

> 吃過焓蛋的下午特別飽，心情總不錯。可惜焓蛋的蛋味較濃，外面的人走進吃過焓蛋的房間裡，會覺得房間有點腥臭。幸好，茶葉也是我們幾個人喜歡的東西。吃過茶葉蛋，打開房門，泡壺熱茶，用茶香把蛋

腥一點一點趕出去。

復活節後，再吃幾隻在茶葉裡復活的蛋。泡在混濁的日子裡，我極力留住每天若隱若現的忍耐力和鬥志；為要待好風吹散不幸的外殼，又能與好友一起吃焓蛋，喝工夫茶。

讀文時而莞爾，像是〈人肉飯〉，一開始我不懂何謂免治牛肉飯，後來上網查一下圖片，恍然大悟，那絞碎的肉末，不免聯想到香港電影《八仙飯店人肉叉燒包》，難怪會被盛飯阿哥戲稱為「人肉飯」。時而心酸，像是〈老火湯〉裡提到：「也許有天，我們逼不得已要離開這個城市，搬到沒有老火湯的地方去。」

總之，讓人捨不得一口氣讀完——我會讀著讀著擱下，隨著文章裡描述的片段，與自己年歲的某段回憶疊合，讓記憶安住一晚至翌日清晨，整理一下思緒，再讀。猶如輕漬過的醬瓜，迫出了多餘的水份，風味更濃縮，帶鹹卻不過鹹，還保留著青春的爽脆。

6

推薦序二

饒雙宜——廚師，文字工作者

芷茵在這本新書裡，誠意為我們端上的菜單長長一串——有湯品、海鮮、肉類、果蔬、小吃、主食，還有茶酒，豐富得很。每碟菜都小巧精緻，點到即止，甚有不夠喉之感。明明並不認識她，讀畢《小食部》，恍惚親歷其境，予我與芷茵共進過多頓晚餐、把酒言歡的錯覺。這些文字之約，讓我們了解到作者靈魂的底蘊——與吃有關，與文學書寫有關，與生活有關。

味覺記憶形塑出每個人的獨特口味，起點總來自「家」的承襲。〈紅青蘿蔔〉一文裡，她提及她家人慣常以牛腩煲青紅蘿蔔湯，令我大吃一驚，青紅蘿蔔搭豬骨原來不是金科玉律？〈梅菜剁豬肉〉論及蒸肉餅該放甜梅菜抑或鹹梅菜，我倒與她站在同一陣線了；金寶湯呢？兒時從沒在我家出現過，遑論芷茵母親以之所烹的白汁碟頭飯，光憑想像相信兒時的我都會垂涎……尋找散落文章各處的差異與共鳴，是閱讀此書的趣味。每個家庭的家常菜各有前因，芷茵筆下的一碟番茄炒蛋或一碗清補涼，因而變成了一面面鏡，既滿足了我對他人餐桌的好奇，亦令我重新思憶自身口味的構成，懷念起老家的味道。

文史見方物，一旦被書寫下來，便成為了歷史，即使那細碎如一日三餐等生活痕跡。芷茵在書中詠歎的各種滋味，自她家出發，及至她自己亦成家，與她自身的歷練、眼界調和，重新被吸收，代謝出屬於她的味道，這些味道，亦是屬於香港的。一如萬物，飲食文化歷經無數變幻，不論是食材、食肆或技藝，不少仍在，亦有太多已如她在〈黃花魚〉裡所寫的野生黃花魚般，消失了。

食物是一幕幕故事，時、地、人不停轉換，例如她記母校的「人肉飯」，隨著餐廳結業而不再嚐到；或在〈咖啡店〉裡，她從文本中盤點當年文藝青年喜歡聚頭的「巴西咖啡店」，甚或我與她同代的「仙」字頭台飲店，統統已成追憶。還幸芷茵趁一切消失前，抓緊了鳳毛麟角，刻錄留在舌尖上的苦與甜，即使當中包括抗疫時的搶米日常，他日回望，亦屬城市裡的集體印記。

或許與本身研究的課題有關，芷茵在書中時常引述《中國學生周報》的報道，讓我們知道某些食材的前世今生，亦提醒我們，呈現於眼前的食物，會經過歷史的洗禮與淘汰。這甚至包括同桌的朋友……餞別過後，他朝亦會遠去，留下的情懷難被消化，噎在喉嚨深處，成為了她每篇文章結尾的淡淡哀愁。有些食物傷懷，亦有些具備療癒作用，為混濁的生活調味，供給芷茵書寫的力量，讓我們獲得她傳遞出的溫暖。

一如上一本著作《食字餐桌》，芷茵在《小食部》裡繼續使出她的獨門秘技——她以文學聯想和拼貼把這方桌布無限延伸。經過剪裁，文字世界裡與食物有關的情感與故事得以並置——無論是真實或虛構的——食物的情感版圖因而變得更加遼闊，把人連結起來。她這門招式頗像法國菜，材料明明東一塊、西一塊，各有不同口感與色彩，切得小小備好後，三兩下手勢，竟被她拼合成一幅圖畫，餐盤更帶許多留白，突顯她所要抒發的意境。

〈燒嘢食〉一文只是例子：她先從《大拇指》的燒烤包廣告，帶出了當年物價的歷史資訊，聊著聊著，出現了鄭鏡明的〈燒烤記〉及麥瑞顯的〈燒烤〉兩首詩，這場文人燒烤聚，東瑞、方禮年、西草亦有參與……當中的轉折自然嫻熟，既抒一己之情，亦能讓讀者細味各位文人的描寫與觀察。在文中，芷茵寫道：「『燒嘢食』總有個節奏：先來雞肉腸、紅腸片、牛丸和魚蛋等很快烤熟的食物填肚；待飢腸轆轆的感覺稍給壓下，黑椒牛扒、檸檬豬扒和蒜茸雞翼才能亮相。」

閱讀芷茵的文章，跟「燒嘢食」差不多，她會帶領你跟著她的節奏，在食物與文學世界裡恣意漫遊，無論如何臆測，憑著起點，你都不會猜到她要帶你前往的終點。於〈煎蛋〉一文，芷茵節錄了馬若〈一個秋天的清晨想起戴天的煎雙蛋〉一詩，當中有一段，正好可為此書點題：

戴天的家裡
吃著他煎的雙蛋　你會問
那豈不是風馬牛不相及的事故嗎
告訴我　真個是風馬牛不相及的事故嗎

不正是如此嗎，食材與做法、個人與眾生、欲望和愁緒、過去或未來，感謝芷茵在此書中記下食物的這些與那些，種種風馬牛不相及的故事。

推薦語

《小食部》寫湯水、寫海鮮、寫粥粉麵飯還有點心，篇幅簡潔，猶如一道道精緻小食，細細品嚐，斟壺香片，適足解饞；而多用幾道，添碗紅青蘿蔔湯，亦能飽胃。琳瑯滿目，實在過癮。

芷茵寫飲食經常與詩文、電影、動漫互文，穿梭對應，召喚啟發，儼然知性隨筆一派。但閱者若讀至最後段落，哲思巧喻、情致餘韻，甚至幾分看透世情的銳利和蒼涼於此綻現，柔軟中帶有堅毅，玫瑰與槍，往往撞擊胸懷，教人久久無法自已。

林阿炮——台灣飲食文學文化研究者

繼令人目不暇給的《食字餐桌》，鄒芷茵的新作《小食部》以飲食書寫探尋生活的真味。本書展現作者一貫富於知性和文學趣味的本色，以珍貴的報刊和文獻資料鈎沉，加上富有地方色彩的飲食掌故；與此同時，書中亦隨時閃現獨到的品評和烹調心得，並恰巧折射了疫情時期的香港飲食日常。「小食部」雖小，但在特殊情景中「吃甚麼、怎樣吃、跟誰吃」，均是大哉問。當生命的陰霾不期而至，如何在迷霧中尋找一點內心的星光？鄒芷茵以樸實而溫暖的文字，雕刻少年時代與家人的溫馨時光，記錄成家後與伴侶的互動，速寫教學中與學生的相處，在每個明媚的午後又或黯淡的角落，都有食物相伴。簞食瓢飲，抑或食不厭精，內中既是學問，也是人情，而更重要的，是對待生活的真誠態度。♥

● 郭詩詠——香港文學評論者，香港恒生大學中文系副教授

由我去推薦《小食部》，總覺得有點奇幻，就像哈利波特推薦J.K. 羅琳——因為我就是芷茵筆下的H。幸好散文和小說有別，正因為書中好些情景我也在場，更能體會她多擅長攫取、打磨我幾乎忘了的片段，讓它在文字裡熠熠生輝，像「雞皮泛著閃亮亮的油光」。

「盛宴」是別人常用的比喻，本書寫遍蛋肉湯水海鮮蔬果飲品點心粥粉麵飯，卻說自己只是《小食部》。僅僅三個字，便道破了這批飲食散文的美學——小巧，卻又滋味無窮，享用時不必正襟危坐。不管穿插多少文學掌故，全書仍在幽默的筆法下顯得輕盈，酥脆。而且，每篇都比小食更富餘味。就像〈清補涼〉收筆，從芷茵熬夜時煲湯喝，聯想到生活方式的選擇：

「我做的清補涼湯，也許不再有益了。可不可以只喝自己覺得好喝的清補涼湯呢——在深夜裡，在手提電腦的鍵盤前，我們可不可以，選擇不過別人認為有益的人生。」

讀者不妨自私點反駁她：你熬夜寫成的這本書，對我們有益就夠了。

●陳子謙——香港詩人，專欄作家

14

目次

第一部

湯水部

老火湯

獨在異鄉為異客，每逢落機倍煲湯。因為我本來就過得渾渾噩噩，所以坐長途機後沒有時差問題；但每次出外，回港後都很想喝老火湯。喝過充滿蜜棗甜味的湯，大概可以確定，自己已回到這無眠的城市。

我要喝湯。昨晚外賣碟頭飯那碗例湯不算。我要煲湯。回港翌日心裡想著，就放下大堆要儘快放進洗衣機的骯髒衫褲，衝去買豬肉。有了豬肉，就打開雪櫃、生果箱，翻出想要配搭的乾湯料。浸浸洗洗，汆水冷河，煲個一小時。

有時我會幻想，也許有天，我們逼不得已要離開這個城市，搬到沒有老火湯的地方去。很多在外的朋友說，如當地沒有唐人街，買不到乾湯料，就做不了大部分老火湯；於是我早已決定，屆時我要用甚麼材料：粟米、甘筍、栗子、豬肉、雞肉，這些都是外地容易找到的。至於沒有南杏、北杏，就用合桃；沒有蜜棗，就找些味道相近的棗乾；沒有陳皮——我蒸魚才放陳皮，煲湯很少放。

剛成家時，不知道常備甚麼乾湯料才好。淮山、百合、沙參、玉竹、冬菇、花生、木耳、圓肉、螺頭、無花果，彷彿每種都很重要，就暫時買些現成湯包看家。用了幾包後，總覺得某些材料跟我心裡的配搭不一樣，於是老老實實地買乾湯料去。雪櫃的生果箱，現在好像裝修師傅的工具箱，包羅萬象，有求必應。其中最有趣的是南杏與北杏，要維持比例，不會誤用帶毒性的北杏來毒死自己。施偉諾有首叫〈南北杏〉的詩；與其是中毒，不如說是不幸：

一個小孩灌著雜菜湯，微笑望向父親
靜待青苔在腸道陰暗的一角發芽，長出半畝青蔥
但你手裡的湯只結出南北杏
一個詛咒的名字
注定分成兩半，南杏
與北杏，拒絕融於水的線條
含混的顏色，分不清帶毒的一方
偶爾浮起的一瓣不是落花
只是失舵的小舟
誤投洶湧的汪洋

——施偉諾〈南北杏〉（節錄）

在外的人很久沒有回家吃飯的話，家裡的人總喜歡為對方煲老火湯。某位署名「羅錦泉」的寄宿學生，也在一九五五年《中國學生周報》的〈回家〉裡，提及家人這種習慣：

> 吃飯的時候，她端出一碗熱氣騰騰的豬肉湯來，嚷著說：「泉，來吧！學校裡吃的餸菜也許會燥熱一點，得多喝點湯水，滋潤一下才是。」她已看到我的嘴唇有點焦爛了。
>
> ——羅錦泉〈回家〉（節錄）

老火湯要煲一大鍋，當然是整家人一起喝；但很多人說，老火湯要按體質來喝，否則愈喝愈虛弱。這問題我一直想不通。羅錦泉的母親給他煲了下火的湯，那他的幾個妹妹也要下火嗎？有人認為，老火湯功效不同，可以用來治病。王良和小說〈來娣的命根〉裡的大家姐仁美、四妹來娣、五弟善濟，都喜歡煲湯，如黑木耳豬腱湯、西洋菜豬腱湯、紅菜頭湯、紅蘿蔔豬肉湯。來娣似乎是最喜歡喝湯的，未曾患病時會自己在家煲湯；患上精神病後，其他姊弟會為來娣煲老火湯：

> 四個月前，仁美收到四妹的電話：「阿大，你識唔識煲木耳湯？」
>
> 中午，仁美煲了黑木耳豬腱湯，請住在附近的兩個妹妹來吃飯。
>
> 來娣還是像平常一樣，臉色蒼白的進門，一絲聲息都沒有，一頭長

〔……〕髮溜溜幽幽的掛著，貼貼服服，好像要把整個頭都包起來似的。

〔……〕來娣望著碗中的黑木耳，薄薄的一片一片耳朵，黑亮黑亮的。她忽然聽到黑毛豬「啊啊」慘叫，心裡數算起來：一隻耳，兩隻耳。她看到湯碗中有一隻豬腳垂死蹬踢，豬蹄撞到碗邊，響起輕輕細細像哭泣又像竊笑的聲音：耳薄福薄。她按了按耳邊的頭髮，捧起湯碗，呷了一口，微微抬起了頭。

——王良和〈來娣的命根〉（節錄）

原來早前來娣嘗試自殺，因為繩子斷開而活下來，頸間留下瘀傷。也許是希望吃木耳來散瘀，她就請仁美煲木耳湯。我只求好喝，不大相信用老火湯治病的想法；除了某回給親友灌了一碗，聲稱可以去頭風的川芎白芷天麻魚頭湯——先不論我有沒有頭風可去，效果是神速的，喝完晚上發個高燒一百零三度。

婚後多跑了幾個家去喝湯，發現很多煲湯的人，都有自己的執著之處。有的人一定要下陳皮，有的是紅棗、杞子，還有的堅持是潑辣的生薑。每次煲出來的老火湯，都是同一個口味。世代的味道值得懷念，但不一定可以承傳。屬於梁秉鈞那世代的，是菜乾：

我上次喝菜乾湯——甚麼？你說

甚麼？——一定是好多年以前的事了
孩子們沒有霉雨的記憶，不喜歡
曬乾或醃製的蔬菜，他們埋怨
這過氣的唐人街酒家，擠滿了人
吃的東西都太鹹（我該怎樣解釋
菜乾的來源和口味的變化？）

——梁秉鈞〈菜乾湯〉（節錄）

小時候，我家最常出現的湯，顏色灰灰白白的，我叫它「灰色湯」，看見就倒胃口，勉勉強強地吞下。母親時常煲灰色湯，因為外婆是這樣做。後來曉得，那是正氣非常、家家戶戶有事沒事也在煲的「清補涼」。長大後，我沒有如中秋節廣告般很溫馨地接受灰色湯，反而開始抽起自己的碗。既然天空沒有霉雨，孩子其實也沒有守住灰色和魚頭的必要。

消夜可以喝冬菇花生雞腳湯嗎？某天P排了晚班，下午打電話來問。

不行啊，家裡沒有冬菇，沒有花生，也沒有雞腳。不如喝杯Earl Grey？

紅青蘿蔔

看到一則一九七七年的經濟版消息，內容回顧了一九七三年香港股災前夕，股民如何眉開眼笑、魚翅當例湯。我和P從來不點魚翅、燕窩來吃，只在飲宴時被動吃些，註定沒有賺大錢的氣勢。正月訂的盆菜中有一束「魚翅」，一看就知道是明膠做的仿翅，大家淡定夾到骨碟上。

哪種湯是最常見的香港例湯呢，從前我不知道；但吃了整個二〇二〇年的餐廳外賣後，我現在知道是紅青蘿蔔湯。仔細回想一下，快餐店、茶餐廳、酒樓的例湯，一年四季都供應紅青蘿蔔；連上港式上海菜館也喝過幾次。兩份紅蘿蔔配一份青蘿蔔，天天把整個香港煲給你。

其實是甚麼例湯都不要緊，反而例湯的味道都一樣。不論是煲唐排、牛尾，煲出來都是人工雞湯味。價錢愈低，雞湯味就愈濃。有些餐飲業者在網上討論區跟大家說，只要把紅蘿蔔、青蘿蔔用清水焓爛，再倒進人工雞湯中，「例湯」就差不多好了。寫出來已覺得口渴。

我喜歡喝（沒有人工雞湯的）紅青蘿蔔湯，但成家後從未煲過；因覺牛腩很貴，用來煲湯有點可惜。我在街市買牛肉時這樣對P說。P卻說他家從來只用豬肉來煲紅青蘿蔔，沒喝過用牛肉來煲的，因家人覺得牛肉不健康。

回家問問文友，果然有的用牛肉，有的用豬肉。同樣在「後話」出版散文集的康哥說，他家人拜佛不吃牛肉，所以從來不煲牛腩。再問問小說和詩，辛其氏寫的是「紅青蘿蔔」，禾廸寫的是「青紅蘿蔔」；海辛寫的是「青紅蘿蔔煲瘦肉」，周漢輝寫的是「青紅蘿蔔煲牛腩」。

青蘿蔔除了做老火湯外，平日很難用上。舊報紙會教主婦用青蘿蔔來燜鴨、扒肉丸；我都沒吃過，也未見方太、李太介紹過。它們平日乾乾淨淨地伏在菜檔的一角，等待那些突然想喝例湯的人。青蘿蔔固然寂寞，但我難以為它的寂寞而改口稱「紅青蘿蔔」為「青紅蘿蔔」，因這叫法讓我聯想到「青紅皂白」。青色，紅色，白色，黑色，紅青蘿蔔湯裡都有，我們卻看不清湯裡的一點一滴人工調味。

翌日去買一塊豬腱來煲紅青蘿蔔，口味與用牛腩來煲的自然不同，湯色也淡些。隔天心癢難止，又去買一塊牛腩再煲。依舊只放陳皮、蜜棗、南杏，不到半小時就出現了記憶中的深褐色。喝著喝著，覺得陳皮的味道有點像羅漢果。

清補涼

晚上十一時，豬腱汆過水，清補涼湯料浸泡好，一同凍水下鍋。水沸騰後，先保持大火，開蓋猛滾一會，再上蓋、轉小火；然後坐在客廳中央，想想關於清補涼的事。

清補涼是我從小在自己家裡、父親家裡、母親家裡，甚至茶餐廳裡都會喝到的老火湯。這湯大多是豬肉湯，湯料常常用淮山、龍眼乾、肇實、百合；偶然會改成雞湯、魚湯、海味湯或糖水。陳夢因（特級校對）在《食經》的〈煲豬肉湯〉裡說：「『煲豬肉湯』誰都吃過，又幾乎誰都會做的。」他所說的「豬肉湯」，會下淮山、肇實、蓮子、百合、紅棗、陳皮，配著「豬肉一斤、豬粉腸六両」來煲，讀來其實就是廣義的清補涼了。

清補涼大抵是最經濟的老火湯，過節飯都不會選這道。我不叫我喝過的清補涼做「清補涼」，而叫它「灰色湯」；因我喝到的清補涼湯，總是灰白灰白的。陳夢因指豬肉湯味在「清鮮」，而煲湯肉蘸以「靚豉油或蠔油」亦「甘香可口」。灰色湯的豬肉尚算可吃；但湯的質地則混濁，偶爾黏糊，主要是鹹味，喝起來完全沒有老火湯的清甜香濃。湯面泛油的話，更加糟糕。長輩只道是「有益」。

是甚麼湯料讓從前喝過的清補涼，都變成灰色湯？一九六〇年代家常食譜裡的「清補涼豬肉湯」，用的是百合、蓮子、肇實、薏米、杞子、龍眼肉，跟各家長輩做出來的很像；而且文末總強調「有益」。這些食譜都很簡陋，沒有明言「蓮子」是紅蓮子還是白蓮子；「薏米」是生薏米、熟薏米還是洋薏米。

到了十一時半，回到廚房掀起煲蓋，倒入白蓮子。成家之後，我常在藥材店拿起各店寫著「清補涼」的湯包慢慢研究，覺得「灰色湯」是肇實、紅棗、陳皮和紅蓮子染出來的顏色，以及洋薏米弄出來的質地，也同時是個湯料用量比例的問題。反覆嘗試後，自覺選用百合、淮山、蜜棗、白蓮子、生薏米；多添龍眼肉，少放肇實，並盡去杞子、紅棗、陳皮的比例最為合意。湯色微黃，味道鮮甜。

從前讀過一則關於食水供應的本地舊新聞，裡面說不再制水後，多種貨品銷情都起死回生，其中包括清補涼。上一輩的家庭的確很喜歡清補涼湯吧，看來清補涼的「有益」，真的很可靠。現在仔細再想想，長輩說的一直是「清補涼湯有益」，卻從沒有說「清補涼湯好喝」。

過了十二時，轉回大火，下鹽調味。紅蓮子與白蓮子，生薏米與熟薏米、洋薏米終究不同；我做的清補涼湯，也許不再有益了。可不可以只喝自己覺得好喝的清補涼湯呢——在深夜裡，在手提電腦的鍵盤前，我們可不可以，選擇不過別人認為有益的人生。

水煮椰菜湯

第一部——湯水部

在學校活動當值，不小心錯過了吃午餐的時間，下午一直餓著。我很怕肚子餓，因為一旦跳過用餐，就會胃痛。

學生回來探班，他笑瞇瞇地遞給我一片黑朱古力。這讓我想到達爾（Roald Dahl）的《查理與朱古力工廠》（*Charlie and the Chocolate Factory*）裡，那片藏著黃金入場券（Golden Ticket）的原味朱古力（ordinary candy bar）。有了黃金入場券，持券者可以隨著工廠主人參觀工廠，而且還有繼承工廠的機會。

第一次讀《查理與朱古力工廠》時，大約是小五、小六。我很喜歡故事開筆的場景：四個貧窮的老人，整齊地擠在一張雙人床上。住板間房那些日子，我家只有一張雙人床。星期日的早上，阿爸、媽咪、小小的哥和小小的我，都會像小說那樣，一起擠在雙人床上發呆。

雖然都是窮日子，但我們的飲食比查理一家好得多：早餐會去吃熱香餅，午餐有雲吞麵、碟頭飯或點心，晚餐就是家常的兩餸一湯。生於一九六〇年代的查理一家七口，早餐是麵包和人造牛油，午餐是水煮椰菜湯伴白烚薯仔；晚餐則只有水煮椰菜湯。看上去像極了標示可以「七天減七磅」的減肥素餐。

每天都在挨餓的查理，最想要吃一回朱古力。甜、高熱量、高脂肪，肚子和精神都能在剎那間滿足。在他生日那天，他從家人的愛裡，得到一片原味朱古力了。小心翼翼地拆開，看見淺啡色的朱古力塊，看不見朱古力工廠的黃金入場券。祖父不甘心，讓查理瞞著其他人再去買朱古力，結果仍然一樣。這是整本小説寫得最動人的情節：受困的人當然能擁有希望；但他們的希望，比自足、富裕的人的希望微小得多。

我的雪櫃有時會放些朱古力片，方便深夜工作時墊肚子；更多時候會放著一大個扁椰菜——有胃病的人，要多吃椰菜。椰菜湯我常常做，先炒香椰菜絲、洋蔥絲和甘筍絲，再與清水、香草、胡椒和蒜一起熬煮，上桌前灑點初榨橄欖油，不下肉也很美味。

查理的椰菜湯呢，卻不能做得美味，只能把椰菜切成大塊，浸洗後直接水煮，煮好用鹽和胡椒調味。水煮時間盡量長些，味道會好些。查理生日那天的一片朱古力，是在早餐後得到的。朱古力固然是永恒不變的美味，只是它無法為下一碗椰菜湯添幾塊肉。椰菜煮得愈爛愈好；生活的苦，不用咀嚼太久。

雖然得到一片朱古力，但當值的會場須戴口罩防疫，我沒辦法立刻吃。朱古力一直插在西裝口袋裡，而肚還是餓著，胃病在抵家前已開始發作。椰菜會繼續吃，對自己的胃則早已沒有任何期待。公事包裡最好放著甚麼呢？椰菜，朱古力，黃金入場券？我覺得還是胃藥最好。

A5

38

貢丸湯

第一次知道「貢丸湯」，是看台劇《惡作劇之吻》的時候；直到續集《惡作劇2吻》播後數年，才真的在台北小吃店喝到貢丸湯。顧店阿姨問我，附餐要蛋花湯還是貢丸湯。原來是清湯加上貢丸、白蘿蔔、芹菜和芫荽；可惜這家不是鮮湯，大概是高湯粉吧，鹹鹹甜甜，談不上滋味。

《惡作劇之吻》改編自多田薰的漫畫《イタズラなKiss》。這漫畫的改編作品很多，我當時看的是較早改編的瞿友寧版本。這版本有很多本地化的改編設定，演員互動起來很自然。故事女主人公相原琴子，為了報答男主人公入江直樹教導之恩，就去打工賺錢來買謝禮。原著漫畫裡的琴子去了牛肉飯店打工；而瞿友寧的台劇，則由林依晨來演的袁湘琴去涼麵水餃店。

那場戲在台北美麗華百樂園摩天輪附近拍攝，於一家叫「三哥」的涼麵水餃店取景。湘琴確認食客的點餐內容：「一個大涼麵、再一個蛋花湯」；「小涼麵、貢丸湯一個」。貢丸是加工豬肉丸，用它來煮湯，我覺得很新奇。

香港吃貢丸通常是配米粉，沒有甚麼地方在賣貢丸湯。類似的吃法，我想到的是潮州麵店的紫菜魚蛋、墨魚丸湯；粥店的豬肉丸粥、鮮魚球粥。淨吃牛丸、魚蛋、豬肉丸的話，湯不會喝掉。

最近讀到一本叫《貢丸湯》的台灣雜誌，以新竹為題材，方知貢丸是新竹的名產；於是又找到李元璋寫的《風城味兒：除了貢丸、米粉，新竹還有許多其他》來讀。書名雖指明「除了貢丸」，但還是自成一章〈幸福的價值——貢丸〉，介紹新竹貢丸的製法。

貢丸指搥打而成的豬肉丸，有時寫成「摃丸」；不一定是台灣出品，但以台灣新竹的名聲最高。東漢許慎《說文解字》並無「摃」，學界一般以「摃」為「扛」之異體字，有「橫關對舉」，即以雙手高舉重物之意，並非現在較多人說的「搥打」之意。

李元璋在著作裡說，美食名家唐魯孫曾稱讚，貢丸在冬天吃起來是「爽脆適口」。好吃的貢丸比一般豬肉丸大顆，咬下去是肉汁，比牛丸的質地鬆軟，不會太鹹。李元璋書中介紹的名店是「進益摃丸」，我們吃不到；我們可在凍肉店和大型超級市場，買到另一新竹名牌「海瑞摃丸」。

與其說「貢丸湯」是用貢丸煮的湯，不如它是用湯來煮的貢丸。湯簡單就好；貢丸才是主角。清湯用豬肉來做比較搭，有些人用豬骨來熬，我通常用瘦豬肉和白蘿蔔來煎湯。煎好就把瘦肉取出來，放進海瑞擯丸，熄火前撒些芹菜粒或芫荽粒。想要濃郁的話，可以添些味噌。

吃過貢丸湯不會變成可愛的湘琴，也沒有遇到帥哥直樹；但琴子用打工的錢，給直樹買的老派電子脈衝按摩器，我倒是有一部。這是我繼續看少女漫畫的理由。

貢丸湯

（兩碗份）

材料

瘦肉：100克
白蘿蔔：200克
貢丸：4顆
芹菜、芫荽：適量

做法

①瘦肉洗淨切片，用鹽略醃。
②白蘿蔔洗淨、去皮，切成小方塊。
③白蘿蔔置於鍋內，添清水至白蘿蔔兩倍的高度，大火煮沸後加入瘦肉。
④沸騰後轉成小火，上蓋煮二十分鐘，至白蘿蔔軟透。
⑤加入洗淨的貢丸，滾至膨脹熟透，以鹽調味。
⑥按口味撒上切粒的芹菜、芫荽即成。

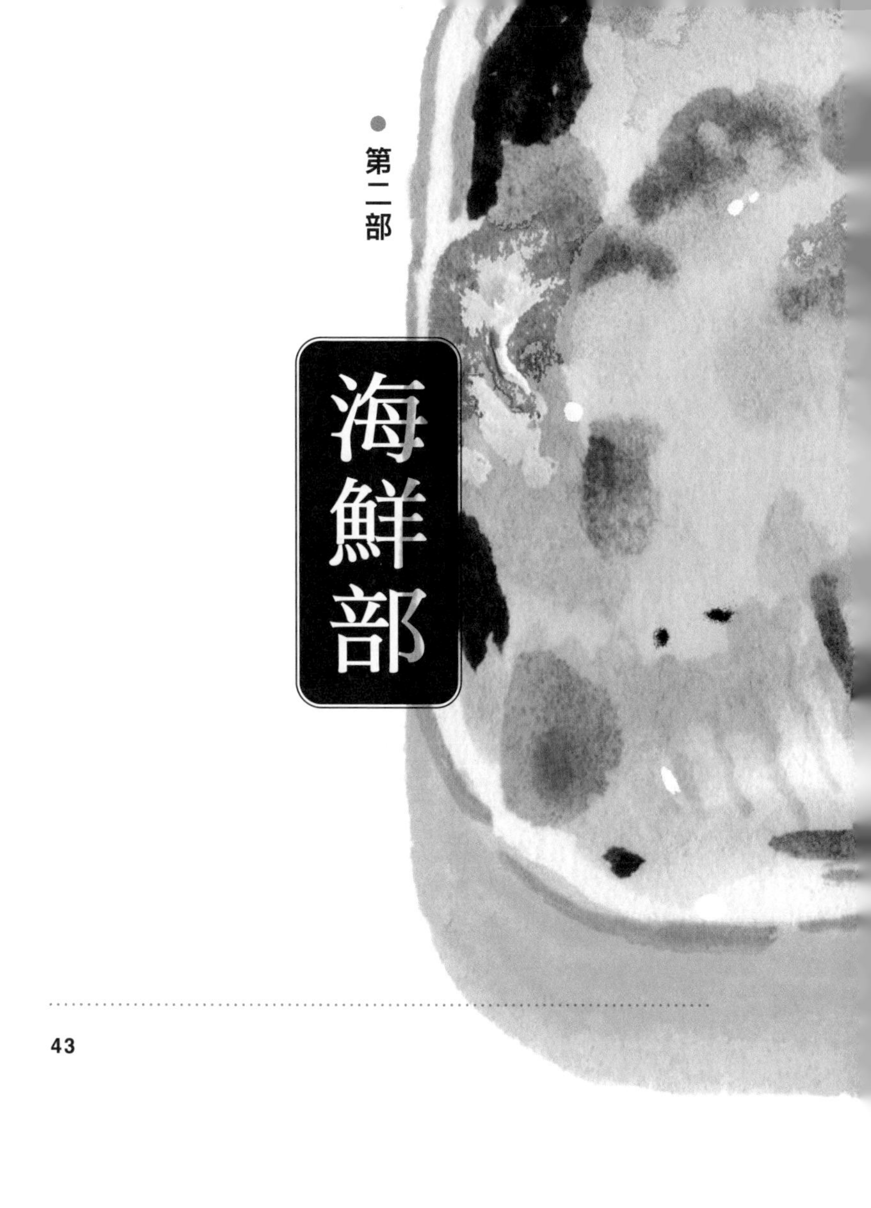

第二部

海鮮部

B1

44

黃花魚

魚檔那些冰涼的紅衫、馬友、黃花，全部眼瞪瞪看著我。我也眼瞪瞪看著牠們，不知要帶誰回家。猶豫不決之際，身旁老伯已相中一尾黃花來蒸。魚佬伸手抓起那尾黃花，放在電子秤上：差不多一斤。老伯滿意地微笑。

香港的黃花漁獲曾經非常豐富；可惜我出生太晚，未及經歷那個遍地黃花的時代。一九七三年的《中國學生周報》裡，有一篇訪問長洲漁民陳福的報道。陳福說長洲「有一段時間，碼頭附近總是擺滿黃花魚的」。這個「有一段時間」指何時呢？再翻翻舊報紙的港聞版，我們可以看見一九五〇年代那些五花八門的本地黃花魚消息。那時候的香港，因有春秋兩季黃花魚汛，所以海捕黃花漁獲數量驚人。野生黃花身厚肉滑，當年煮法不但有今日常見的原尾清蒸、油炸、紅燒、煎封，還有切段燴菜、拆肉炒蛋和煮羹。

直至一九六〇年代，報紙開始出現大量「本地黃花歉收」、「本港黃花魚汛絕跡」等悲嘆。大家都習慣吃的、平時在馬友旁邊堆得滿滿的大黃花，突然下落不明，想想也是觸目驚心。後來，「上海雪黃花應市」等消息陸續出現。千禧之後，連亞洲的野生黃花亦已絕跡。忘了甚麼時候，黃花魚突然在餐桌上消失；大家都說，黃花魚給吃光了。我雖沒有趕上本地黃花，但小時候也吃過野生黃花，比現在養殖的更為可口；魚肉一片連一片，夾起容易散開，鬆而不霉。

香港詩人關夢南，在他一首叫〈便條〉的現代詩裡提到黃花。詩中女兒告訴父親，她看見同事的飯盒放著黃花。父親立即替女兒準備黃花菜式，可是他買到的黃花並不肥美。父親本想在便條裡告訴女兒，魚肉很瘦；但怕女兒失望，於是重寫便條：「黃花魚的蒜子肉的確令人懷念／一向清蒸加熟油蔥花／今次嘗試煎烤／好讓你便於攜帶」。這「蒜子肉」，就是又鬆又滑的野生黃花。

當我們以為再也不會吃到黃花時，養殖黃花卻粉墨登場。如今一年四季皆有養殖冰鮮、急凍黃花可吃了；但那鬆而不霉、淡淡鮮鹹的野生魚肉，我吃不起，只有眼甘甘的份。江獻珠在《粵菜真味2魚鮮篇》裡做「菊花黃魚羹」時，提到野生黃花難求，重做魚羹則「舊菜新烹，徒增感慨」。

老伯離去後，魚佬見我仍在和魚你眼望我眼，便來催促。我本也想蒸黃花，但嫌大的貴，就指著小的；可是魚佬邊劏魚邊說，你選小的，是要做乾煎黃花吧？煎得香噴噴，真好。黃花時代去了，但黃花仍在。日子真好，到底是平靜、安閒，魚嘴裡用來覓食的牙齒已幾乎不見。乾煎前先洗淨、晾乾，魚才會香脆。給那個不再懂得在汪洋裡來去自如的魚腹，擦些海鹽。

B2

清蒸魚腩

四年級生開始交論文稿趕畢業了。其中一個學生勤奮起來，提早交來初稿；見解和論據是有的，但他還未寫小引、小結，讓論文看起來像懸疑小說。讀後不禁笑他交來了一塊魚腩，沒頭沒尾，不知道是清蒸還是紅燒好吃。

黃昏逛街市，聽到阿叔一句「阿妹食大魚定鯇魚」，就停在沒人光顧的淡水魚檔前。把論文稿還給學生後，心中早就滋生了一塊肥嘟嘟的魚腩。淡水魚檔是個看起來挺有性格的地方，常常放著一堆魚頭、一堆魚尾、一堆魚身，以及一大籠田雞。大魚定鯇魚呢，我還未回答，阿叔就欽點那塊標著「三十」的鯇魚腩：你要就二十八。

魚腩有很多種；鯪魚腩甘香，斑腩肉厚；但鯇魚腩骨少肉滑又划算，最為老少咸宜。大魚又比鯇魚便宜些。阿叔賣給我的魚腩太大塊，肥嘟嘟的很膩，唯有分成兩份，清蒸、滾湯各一份。洗乾淨鯇魚後，腰已有點痛，但還要繼續站在廚房煎魚、滾湯、看火、下豆腐；魚腩未蒸就累。

腰痛是去年開始來的。以往站著上課，如今坐著上網課，肌肉都隨路由器傳送到海底。記得研究生之間流傳著一個不好笑的笑話：PhD（哲學博士）就是permanent health damage。生性懶惰疏於運動，久坐工作尚未長進，已先傷神傷身。如今肌肉走了，肚腩來了。

廣東人說肚腩是「豬腩」；某回聽台灣朋友說「鮪魚」，才知道肚腩也叫「鮪魚肚」，真是各處鄉村各處胖。家庭醫生每年看見我的體重後，都會皺著眉囑咐我「吃海魚，不要吃鯇魚腩」。吃魚健康，吃魚腩則養出鮪魚腩——淡水魚檔阿叔明明很瘦啊。

某舊生說，自己新年時讓幾個同學教她打牌，做了一次魚腩。我對港產片的打牌情節，好像《富貴逼人》的公屋雀局、《家有囍事》的表弟表婦和《嚦咕嚦咕新年財》的爛牌變好牌等，蠻有印象。《嚦咕嚦咕新年財》裡「爛牌有爛牌的打法」之言，是說給懂得打牌的人聽的；牌藝不精的魚腩部隊根本分不出「好牌」與「爛牌」，一律亂打到底。

我不知道怎樣計算番數，連當魚腩的資格也沒有；蒸魚腩倒是資深級別，念小學已在阿媽往幼稚園接表弟放學時，負責把鋪好薑絲的魚腩送進橙色電飯煲。阿媽喜歡把魚肉朝上，方便上桌時大家順魚腩骨，一排一排夾出魚肉。魚皮朝上其實是更常見的做法，魚肉比較不容易乾。表弟現在也許已娶了表弟婦吧。

鯇魚腩洗淨，抹乾擦鹽，鋪好薑絲，就拿去蒸。隔水蒸用急火，無水蒸用慢火。用錫紙包起來，送進焗爐也很好吃，這樣蔥要多。批改論文其實是練崆峒派七傷拳，笑人七分損己三分，總是邊寫註解邊慚愧。也許我應對論文學生説句「怪文有怪文的寫法」？一面胡思亂想，一面往蒸好的鯇魚上撒蔥絲，又在碟邊倒點調過味的豉油。

B3

52

蜜煎金蠔

每近農曆新年，我便會勤於逛街市；也沒有很多年貨要辦，只想去看看流浮山的金蠔上市沒有。

秋冬總是在吃蠔。生、熟也沒有問題，任何煮法、製法都可以；不用只吃廚櫃裡的罐頭煙蠔。香港本地蠔，產自流浮山。從前在《中國學生周報》讀過幾篇關於流浮山的文字，都是三句不離採蠔、開蠔、煮蠔。署名「山水」寫的〈流浮山：香港的蠔鄉〉說，流浮山於一九六〇年代因交通工程而成為郊遊勝地，繼而讓「吃蠔」也成為了大受歡迎的消閒活動。

另有一篇以「男拔萃F.1」身份、署名「怪人」投稿的〈流浮山食蠔記〉，起筆已是老氣橫秋：「星期日，得閒無事，坐在家裡悶得很，於是約了幾個知己的『食家』，一同到流浮山去。」這班少年「食家」最後吃了「白灼蠔肉」，又買些蠔油、蠔豉回家。文末所附的「張老師評語」又云「『流浮山』吃蠔是本港人頗時髦的事，我也曾『時髦』過一下」諸如此類。我可沒有聽過學生說去要吃蠔呢，更不知道現在的初中生喜不喜歡吃蠔了。

生蠔當然最鮮，其次要數金蠔最美味。金蠔只有一造，挑在蠔最肥美的時候來曬，曬好就剛剛趕上農曆新年的餐桌了。它不像蠔豉般乾身，色澤金黃，既比蠔豉更有彈性、水份；又有海味的鹹香。由於只有一造，所以很快賣光，有時要多跑幾趟海味店，碰碰運氣。散裝金蠔的價格較經濟；排裝的較晚上市，比散裝昂貴，卻是精選貨色，送禮的話就更好看。

每年去買金蠔的習慣，是婚後養成的。我每年都會回到從前買「過大禮」海味的那家街市小店，向一對老夫婦買一斤金蠔。散裝、排裝隨緣。老夫婦的金蠔不是頂級的，大約是四百元一斤；散裝金蠔體型雖小，吃起來一口一隻，其實很不錯。

以往只買一斤金蠔，今年卻前後買了兩斤。聖誕節後遇見的是散裝，四百元有三十隻，本已心滿意足。在老闆娘給我秤蠔的時候，我不自覺凝視著她小小的臉，覺得有點歪，似乎是中過風，或者患上臉癱。上星期去街市時，又忍不住繞去海味店，再看看老闆娘。她仍然若無其事地與老闆一起看檔，對答自如，看來早已康復。這次看見排裝的，於是再買一斤，有十六隻。

金蠔以蜜煎最受歡迎。蠔肉沖洗後不用浸泡，先蒸軟、後煎香，灒酒後裹上稀釋的蜜糖，收乾，就是最簡單的煎法。我一邊端出金蠔，一邊告訴P，老闆娘好像中過風。P聽罷沒說甚麼。直到夾向金蠔時，他突然說，寶生園開在商場的分店已關門大吉，日後要直接去蜂場買龍眼蜜了。

蜜煎金蠔

（四隻份）

材料

金蠔：4隻

酒：1湯匙

蜜糖：3湯匙

做法

① 金蠔用清水沖洗，清理灰塵、蠔殼，抹乾。

② 中火隔水蒸金蠔至蠔身膨脹，約五至十分鐘，視乎金蠔大小。

③ 金蠔熱油下鍋，小火煎至兩面金黃。灒酒。

④ 蜜糖用一湯匙白開水稀釋，分別倒在兩邊蠔身，不斷翻面至水份收乾。

心得

金蠔每年只有一造，多買的不用沖水，掃去灰塵後，鋪平放在保鮮紙上封起，急凍保存，煮前須解凍。蠔的鮮味會愈來愈淡，最好在半年內吃完。這是那位老闆娘教我的。

B4

水煮三文魚

花了十二小時前往英國希斯路機場（Heathrow Airport）後，再花兩小時的航程，便抵達挪威的奧斯陸（Oslo）。遇上零下溫度，郊區叢林是白茫茫一片。雖然《挪威的森林》（*Norwegian Wood*）不是在說「挪威」的「森林」；但我心裡，還是浮現渡邊徹與直子在雪地上的淡淡身影。

「挪威三文魚扒」、「挪威煙三文魚」、「挪威鯖魚」、「挪威鱈魚」……「挪威」本應活在我的雪櫃裡。我非常喜歡吃煙三文魚，但不能每次都買昂貴的。有一款很便宜，三十多元；標榜是「挪威三文魚」，生產地卻是「法國」。

好像艾柯（Umberto Eco）所經驗的一樣，煙三文魚必須冷藏，實在不容易帶著去旅行。我沒有帶煙三文魚回港，只在奧斯陸吃了兩回煙三文魚；一回是熱燻（hot smoked），一回是冷燻（cold smoked）。香港主要吃到的，是油份較重、味道偏鹹的冷燻三文魚；而熱燻三文魚較濕潤，醃料會把部分鹽換成糖，味道比較溫和。

回家前在購自奧斯陸書店的斯堪地那維亞式（Scandinavian）烹飪書，看到一道簡單至極、配桑德爾福德牛油醬汁（Sandefjordsmør; Sandefjord butter sauce）的水煮三文魚扒。因為沒在奧斯陸吃到三文魚扒，所以回家後想吃一塊，便試做做看。

「斯堪地那維亞」（Scandinavia）指北歐的挪威、瑞典、丹麥三國；而桑德爾福德（Sandefjord）則是挪威的一個地方。這道菜，其實就是「挪威口味水煮三文魚」的意思。水煮魚（不是四川的「水煮魚」）在西餐挺常見，通常會把去骨的白身魚肉，放進添了香草、白酒、蔬菜、鹽的沸水來慢火煮熟。香港人會說水煮魚，是「浸魚」、「烚魚」，如鹽油浸黃腳鱲。挪威的水煮三文魚，用洋蔥、檸檬、黑椒粒和鹽來浸。

至於桑德爾福德牛油醬汁，則與常搭配海鮮的法式白牛油醬汁（beurre blanc）有些不同；有忌廉、牛油、香草就可以，有時會用檸檬，不放紅蔥頭、醋。煮魚的水多放些鹽，魚肉偏鹹，那就不用往醬汁放鹽了。先慢火加熱忌廉，看見氣泡後就添牛油拌勻，蒸發水份至自己喜歡的濃度。

水煮三文魚，我一直沒有做到，就跟隨烹飪書建議的方式上菜。P問我為甚麼要用爽口的青瓜來做伴菜，覺得它與順口的魚肉、薯仔、醬汁皆不相配，非常不滿。我怎麼知道呢？烹飪書是這樣寫的。我也在奧斯陸吃了好幾天青瓜，不覺得有甚麼不對勁。

長途機我真的不大懂得應付；水腫、聲沙、失眠、眼乾、耳痛，不幸的話還會頭暈和胃痛。我坐在離港的候機室裡，聽著旁邊的玩具店，播放那首講述「出發」的歌。慢慢蒸發出來的憂愁，比較像青瓜，永遠只能淡淡地吞吞吐吐。

B5

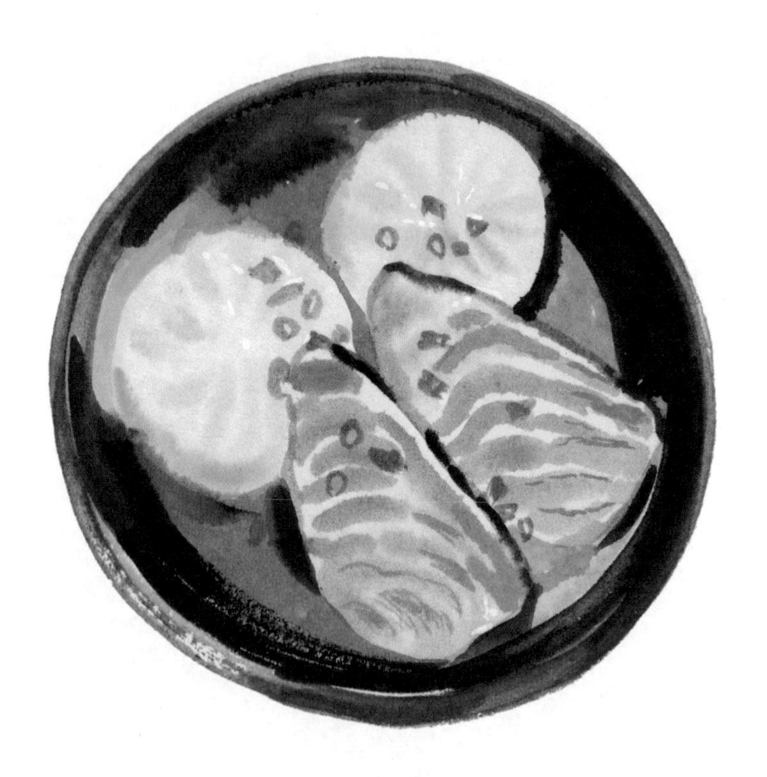

60

鮭大根

喜歡的日本漫畫《鬼滅之刃》終於完結了。它大概是繼《進擊的巨人》後，近年來最受歡迎的日本漫畫。

《鬼滅之刃》是個發生於大正年代的少年成長故事，情節以鬼殺隊、食人鬼兩大正反陣營為中心。整個故事裡，我最喜歡正派陣營富岡義勇的人物設計。

富岡義勇在第一話，就以鬼殺隊精銳隊員（「柱」）的身姿登場。從少年成長故事的公式看來，他顯然會擔當男主人公竈門炭治郎的啟蒙者。啟蒙者經常會在成長故事的中後期壯烈犧牲，代表主人公已完全成長、獨當一面。有趣的是——原諒我在此透露結局——富岡義勇最後並沒有在終極大戰中死去，反而率先穩住最後危機。

富岡義勇的另一個有趣之處，是他喜歡吃「鮭大根」。鮭大根是日本漢字的寫法，「鮭」指「鮭魚」，即香港的「三文魚」；而「大根」即是「白蘿蔔」。「鮭大根」可以翻譯成「三文魚煮白蘿蔔」、「鮭魚燉蘿蔔」之類。

富岡義勇是整部《鬼滅之刃》裡少數具有飲食設計的角色，此特點令這位個性孤僻、呆滯、沉默寡言的啟蒙者更為顯眼。

日本於明治年間開始解禁肉食，魚貝是全面西化前的主要本土食材。日本人常吃紅鮭、銀鮭、時鮭，肉質比較結實。香港把鮭魚寫成「鮭」，也寫成英文音譯的「三文魚」。這種並用的寫法早在一九五〇年代已常見，而鮭魚多為進口罐頭或西餐廳食材。今天在香港買紅鮭仍不算方便，平常還是多買到大西洋鮭。

紅鮭難得，但和食不難做。「鮭大根」的做法很多，有人用連皮魚肉，有人用去皮的。魚肉通常去骨、尚未調味，也有人用鹽鮭。大家都放糖，還有人下豉油、味噌。鮭魚以外，也可以是油甘魚、鯖魚。

先用木魚、昆布做個高湯，做好就用來煮切片白蘿蔔。待白蘿蔔半熟，就放進切塊鮭魚。蘿蔔和魚都容易煮爛，不要切得太薄。待蘿蔔和魚都煮熟了，就用鹽、糖、酒來調味，撒點蔥花。如果多煮幾份，下一頓可用豉油和味醂做成照燒。又或者加味噌翻熱；另添高湯就是味噌湯。

《鬼滅之刃》雖以竈門炭治郎為主人公，但富岡義勇卻才是故事成形的關鍵。二人之所以結緣，是因為富岡義勇要殺死竈門炭治郎變成惡鬼的親妹竈門禰豆子。這個木訥死板的啟蒙者，卻反常地相信這少女不會吃人，打開了竈門兄妹的成長大門。

漫畫的番外（外傳）清楚描述了富岡義勇有多愛鮭大根。他完成任務（就是殺掉食人鬼）後，氣定神閒地坐在深夜的麵攤裡，與吃麵的同伴平靜地聊天。直至鮭大根上桌，看見一碗熱騰騰、湯汁裡浸著兩片厚蘿蔔、兩片連皮鮭魚的和式煮物，他一反常態地開懷大笑。讓我們多欣賞愛吃鮭大根，以及會為信念而反常的人。

B6

64

欖油沙甸魚罐頭

年初四，文友傳來一幀幀超市搶米的照片。我們當夜還在吃盆菜，學生又安慰我說只搶米和肉，就沒想太多。等到吃光雪櫃裡的最後一株青菜，才帶著千金難求的口罩去買餸。

走進超市，發現情況並不太差。綠葉菜的確空空如也，但甘筍、洋蔥、西芹、番茄和金菇還可以；鮮肉沒有了，凍肉則沒甚麼問題。乾貨那邊沒有秈米，但藜麥、粳米還是有的。意粉非常充足。

罐頭的情況比較有趣，除了金寶湯和午餐肉空空洞洞，其他如常。綠葉菜、白米飯、豬肉、湯——這是中式餸菜給搶光的意思吧。我想我暫時還可以活得好好的，因為我都在十號風球下走罐頭路線。

最喜歡的老人牌欖油沙甸魚還在。台灣詩人夏宇寫過一首〈魚罐頭——給朋友的婚禮〉，說的是茄汁味的魚罐頭：「魚躺在番茄醬裡／魚可能不大愉快／海並不知道」。茄汁沙甸我也喜歡，但不及欖油的，可以自行調味。廚櫃平日至少放著六罐。

老人牌欖油沙甸魚腥味不濃，拉開就放在白飯、方包上；浸漬的欖油又可以用來蘸麵包、炒意粉。天氣不冷時，我大多站在凌晨的廚房，把整罐魚肉直接吃完。十度以下的晚上，則要加熱才吃。

罐頭最討我歡心的地方，是可以連罐加熱。蒸可以，焗、烤也行；添些配料一起加熱，看起來有點時尚。日本漫畫《深夜食堂》和《俠飯》，也做過日式調味的沙甸魚罐頭下酒菜。《深夜食堂》的先把洋蔥切絲，擲在魚和油上，連罐頭直火烤熱，最後用糖、豉油調味。《俠飯》的則先倒掉一半油，添豉油和唐辛子之類的辣椒粉，直火加熱前再覆上一片檸檬。

在爐頭加熱容易打翻，又要顧火，比較危險；我會把罐頭塞進焗爐，還可以同時焗幾罐。把部分欖油倒出來蘸麵包，然後輕輕夾出魚肉。罐底墊些洋蔥，再把魚肉和洋蔥相間排好，又在空隙隨意放些青豆。進焗爐前撒些蒜粉、糖、芝士、黑椒。攝氏一百八十度，約十分鐘。喝著白酒等出爐。洋蔥會有點生。

想起老友自己去看電影《乜代宗師》後，回來問我的問題：「你睇過黃子華邊部戲？」我中學的時候，看過《沙甸魚殺人事件》，後來還買了光碟。隱約記得黃子華飾演的沙甸魚會堆一屋罐頭、即食麵，最後還把罐頭丟到街上。

把光碟找出來，看看後數分鐘。沙甸魚走投無路，正危坐高樓。他跟溫碧霞飾演的Anna說：「我肚餓，我想喺度食嘢。」Anna就進屋裡，捧出半箱罐頭回來給沙甸魚：「你想食乜啊？青豆啱唔啱啊？」

進廚房檢查一下焗爐裡的沙甸魚。十分鐘。青豆說：「我活得很好。」

烤焗罐頭欖油沙甸魚

（一人份）

材料

罐頭欖油沙甸魚：1罐
洋蔥：60克
青豆：1湯匙
碎芝士：2至3湯匙
蒜粉、糖、黑椒：適量

做法

① 用沸水快速汆燙青豆，晾乾備用。
② 洋蔥洗淨去皮，切絲。
③ 打開罐頭，倒去一半欖油，夾出魚肉。
④ 罐底鋪滿洋蔥，以防魚肉黏底。
⑤ 青豆、碎芝士、洋蔥、魚肉相間擺放。
⑥ 罐頭鋪滿後，頂層撒些蒜粉、糖、黑椒，最後灑滿碎芝士。
⑦ 放入焗爐，以攝氏一百八十度焗約十分鐘，至芝士焦黃。

心得

這菜式可以用直火加熱，如登山爐。《俠飯》的唐辛子版本口味清爽，所用的沙甸魚體型更小。

第三部

肉部

C1

雞酒

G快要出國工作了，我約她離港前去吃客家雞酒。用雞酒與G話別，圓滿不過；因為朋友都曉得，G最喜歡吃雞。生病去把脈時，G最著緊向大夫求教的，是「我可不可以繼續吃對面的東江雞飯？」；去年在學術會議的會場上，大家在整理自己的論文時，H發現G那塊平板電腦的桌面圖案，是一幀比例一比一的雞飯俯視照。雞皮泛著閃亮亮的油光。

G也是很能喝酒的人。某年她與我分享她在日本買的著名米燒酎（日本米燒酒）「鳥飼」，取出水杯，咕嚕咕嚕倒個半滿遞來。我非常喜歡喝燒酎，可是會用熱水或冰塊調開，不會直接喝。那刻我接過米香芬芳、酒精二十五度的「鳥飼」，對自己說：「今晚肯定會醉。」

「雞酒」常有「補」的感覺：砂鍋裡擠滿雞肉、雞油、黃酒、薑、蔥、當歸、木耳、紅棗、北芪⋯⋯體弱病患、坐月婦女吃肉喝湯，增強體力。高翊峰在他的散文〈料理一桌家常〉裡說「雞酒」是補食，也提到用豆油或麻油來炒雞件。如用麻油的話，就是常常聽到的台灣「麻油雞」了。市面上有好些「痳油雞」、「花雕雞」口味的杯麵，熱水沖下去，用力一嗅，是陣疑似能補身的人造香氣。

喜歡雞和酒的人，除了G，我還想到陶潛。白居易在〈朱陳村〉寫的「黃雞與白酒」，是來自人情歡快；而陶潛〈歸園田居．其五〉裡的雞和酒，卻來自他的惆悵。他因領悟世事悲慟之處而悵恨歸家；在山澗洗洗腳、冷靜下來，似乎多想開些，就漉新酒、殺隻雞，招待鄰居。喝著酒、吃著雞，漸漸釋懷。有了雞和酒，我們彷彿可以自在笑，隨意哭。一大鍋客家雞酒上桌，沉澱著薑米的辛辣。紅棗則軟甜地飄浮於寬心的夜。

雞酒只為解饞的話，其實不用黃酒、藥材，留下紅棗來調味就好。有些雞酒比較像燜雞，水份不多，是個小菜；我較喜歡做成湯菜的。酒呢，可以用濃郁、香甜的芋燒酎（日本番薯燒酒），湯色比黃酒的淡些，清澈些。我的料酒一直是芋燒酎，用來煮牛肉、豬肉、雞肉都不錯。便宜的就可以，例如「白波」、「海童」。

平日在家做雞酒，可先用芋燒酎、鹽、糖、胡椒、痳油、生粉，稍醃雞件半隻。接著爆香薑米、蔥白、木耳、蟲草花、紅棗，下雞件煎至外皮金黃、雞肉轉白。倒入清水或雞湯一碗，再下芋燒酎一碗，煮開，上蓋，收細火煮二十至三十分鐘，至食材入味。調味，熄火，撒上蔥綠。

回家路上，又想起今年很多朋友各奔前程的事。轉青入壯之年，也許我們已變得比從前，更容易發現，各種可以修補內心每個瑕疵的方法。千里之外，願我們能共煮雞酒；並如平板電腦裡的閃閃雞皮，找到屬於自己的那片風光。

雞酒

（二人份）

材料

帶皮雞件：半隻
芋燒酎（或客家糯米酒）：300 毫升
清水（或雞湯）：300 毫升
薑：30 克
青蔥：2 束
白背木耳：1 朵
蟲草花：2 湯匙
紅棗：8 顆
鹽、糖、胡椒、麻油、生粉：適量

做法

① 雞件洗淨，用一湯匙酒，並適量的鹽、糖、胡椒、麻油、生粉醃至少半小時。
② 白背木耳、蟲草花和紅棗沖水後浸發。
③ 薑洗淨去皮，切成小粒（薑米）。
④ 青蔥洗淨後切出蔥白；蔥綠則切粒。
⑤ 木耳浸發後撕成小片。紅棗去芯。
⑥ 薑米、蔥白、木耳、蟲草花、紅棗下鍋爆香。
⑦ 雞件下鍋，煎至外皮金黃、肉色轉白。
⑧ 倒入清水、芋燒酎，煮沸後上蓋小火煮二十至三十分鐘。
⑨ 以鹽、糖調味後熄火，撒上蔥粒。

C2

74

可樂雞翼

總是給汽水的泡泡包圍著；與友人I在研究家用氣泡水機的牌子時，學生T就告訴我，他吃了人生的第一隻可樂雞翼，是朋友煮的。我以為大家上大學前，都吃過可樂雞翼了。大概是因T家裡飯餸清淡，記得總是烚的青菜、肉類，所以不會出現可樂雞翼這種古靈精怪的菜式。

聊起香港的家常菜，很多人都會想起可樂雞翼。「可口可樂」的香港官方網頁，也刊登了可樂雞翼的食譜。台灣友人AP曾談及台灣的可樂豬手呢，所以可樂菜式不是香港獨尊；但可樂雞翼很少在外面吃到，都來自住家餐桌或大食會，多少就是吃下家常的風景與人情了。

問P何時吃第一隻可樂雞翼，他反問可樂雞翼與瑞士雞翼、滷水雞翼、豉油雞翼和數字雞翼有甚麼分別。汽水入饌的時候，我們其實是在用汽水，來取代水份和某些調味料。這些雞翼菜式的調味料都差不多，大致是個比例的問題。

汽水口味可以分成三類：最受歡迎的是香草口味，如可樂、忌廉

（cream soda）、沙示（root beer）；其次是水果口味，常見有檸檬、青檸、橙、提子和蘋果；接著可算用途最廣的清淡口味，如梳打水、湯力水（tonic water）。梳打水、湯力水加熱後太像清水了，固然是留著調酒；水果口味的可以加入會用上果汁的菜式，如橙香骨、梅子骨、西檸雞、生炒骨、蘋果豬扒等（而提子汽水就只能是啫喱糖了）。

做菜的話，是香草味汽水最好。我問了十多個近來一起吃過飯的朋友、學生喜歡的汽水口味，發現是可樂、忌廉最歡迎，之後才是檸檬和橙。忌廉不合用，太香甜。可樂、沙示顏色濃烈，可以取代很多醬汁，又有焦糖風味，貼近燜、燉肉類的效果。沙示有草本味，不是人人喜歡；剩下的只有可樂了。可樂有八角、肉桂、豆蔻香，可以代替可樂雞翼、瑞士雞翼和滷水雞翼等菜式的糖份、水份和香料。

「可口可樂」所介紹的可樂雞翼，勝在做法方便、材料簡單。有空的話，可以再處理得細緻些。我喜歡先用可樂、生抽、老抽、薑粉來醃雞翼，醃好就把雞翼下鍋煎；煎的時候同時再用可樂、老抽、麻油重新弄個燜汁，倒在煎至黃金的雞翼上。放少許薑片，小火燜十二分鐘，中途替雞翼翻身。燜好再熄火焗二十分鐘，皮肉就不用太過軟爛了。有些人會連燜汁上桌，保留可樂汽水的感覺。我會收汁，讓味道濃郁起來。

開筆前先醃好雞翼；寫至中段就回到廚房。往來數次，稿已寫得差不多，可樂雞翼也收汁上碟了。拿起放在書桌上的手機，打開程式，仍未收到T回訊。他也許是在用功，也許是在與朋友聊天，也許是入睡了。都好，不是生悶氣的晚上就好。P邊吃邊說，可樂雞翼就是可樂味道比較重的雞翼，對嗎？都好，喜歡吃就好——替我的可樂加幾塊冰。

C3

78

燒鵝

「邊個話我傻，我請佢食燒鵝」，每次斬料加餸有燒鵝的話，家裡總會有人對著發泡膠盒念起這句來。別人說我是傻子，我還要請他吃燒鵝，怎麼說也說不通吧；燒鵝一隻要四百元，是眾多燒味價錢之中數一數二的，只差沒比乳豬貴，所謂「燒鵝嘅價錢」——我最多只會請他吃燒雞翼。

有些人說深井的燒鵝最好吃，有些人說是鏞記、一樂。看過幾篇寫在一九八〇、一九九〇年代的報道，說深井的「燒鵝鎮」是因興建屯門公路的工程而出現的，最初是為了做施工人員的生意，不知真假。現在吃鵝的地方不多，有時會吃到用鴨來扮演的鵝；鵝鴨不分者，會給醃料騙倒。鵝鴨實不難分，兩者的皮、肉、油脂狀態皆不同；只是現在吃鵝的機會不多，經驗不足，自然是分不出來。

鵝油泛在白米飯上的甘香，已不再是香港人所熟悉的味道了。從前到中環辦事情，都會看看有沒有機會走一趟鏞記。記得有個在中環工作的阿姨說，她最喜歡的不是鏞記燒鵝，而是它的燒鵝飯，一定要把燒鵝放在飯上來吃。關夢南在〈談食〉裡說的，正是這種甘香滋味：

你說　哪時
叫一碗燒鵝飯
把肉撥過一邊
雪雪地吃完後
再來一個白飯加色
咀嚼著充滿鵝油的肉碎
緊了緊冬天的外衣
就不覺得風的冷了

——關夢南〈談食〉（節錄）

司明在《新生晚報》的專欄「小塊文章」裡，曾於一篇〈雞尾酒會與燒鵝飯〉提到他不大喜歡去雞尾酒會，因時間長達兩三小時，站得很累。他更笑朋友因瞞著妻子去了雞尾酒會，不能回家吃飯，只能在散場後匆匆去吃份燒鵝飯，自己不像朋友那般「怕老婆」。

高中時，我有時會吃燒鵝飯。中學午膳常常光顧燒臘店，但沒有吃鴨、鵝的機會，因為一起分吃一碟飯的同學說鴨、鵝最「毒」、最「發」，不可以點。我沒有問對方甚麼是「毒」，甚麼是「發」，反正日後身體不舒服就會覺得是鴨、鵝或我害的，不問為妙。直至可以隨心點一碟燒鵝飯時，已是中五會考各散東西之後獨自午膳的事情了。現在逛調味料看見各種鵝油醬料，我都能隱約想起高中自己吃光的燒鵝飯。

我們一家都愛吃鵝，但也不常吃；不因為毒，只因為貴。過節、接風、餞行的話，要是有燒鵝就好了。不知道是不是給電視劇影響；燒鵝在有些人心裡，就像是種關懷。燒鵝不只貴，而且存貨比切雞、油雞少，較快賣光，要買趁早。請別人吃燒鵝，就算不是鏞記、甘牌，也彷彿是「我很樂意在你身上花心思」的意思。宇無名曾提到海辛的一件燒鵝軼事：

> **又記得有一次，我帶海辛去看星腔晚會的下午綵排，他聽得津津有味，但一看表，說五點要走了。原來他的孫女從加拿大回港，他要趕去買燒鵝斬料加餸，可想而知他是一位好爺爺。**
>
> ——宇無名〈海辛印象〉（節錄）

婚後數年，外子P吃鵝後突然會皮膚痕癢，但吃鴨卻沒有問題；從此我又常常獨自吃燒鵝飯了。這學期結束的那天，我也像去了雞尾酒會那樣，上了三小時的課，肚子空空。P當日請我吃了一盒原隻燒鵝髀飯。他自己則吃燒肉飯。幸好他還可以陪我吃片皮鴨。

是P的體質改變了，還是鵝的體質改變了？我另想起一個跌打師傅的話。這位師傅不許病人康復前吃午餐肉、火腿、腸仔、叉燒，卻可以吃很多人覺得是「毒」、「發」的燒鵝、冬菇、蝦蟹、蛋。師傅的說法是，「毒」和「發」的是人工添色增味劑，這問題是叉燒較燒鵝嚴重得多。

師傅的話讓我記起，某年曾與P吃打冷。他吃掉了大半碟滷水鵝，仍然生龍活虎；所以是某些燒鵝用了容易讓P皮膚痕癢的調味劑嗎？也有這可能，但我不會深究，因為現在吃燒臘時，我才可以獨佔一碟燒鵝例牌。

C4

84

梅菜剁豬肉

附近那家茶餐廳不肯賣我梅菜蒸肉餅。那店在賣鹹魚蒸肉餅，但它的鹹魚不好吃；我見它也在賣梅菜蒸鯇魚，便試問一下，可惜店家不願意把鹹魚換成梅菜。下單的人大概聽出了我的心事，最後給我換成鹹蛋黃蒸肉餅。

店家不願意賣，是意料中事，所以說是試問一下。在外吃肉餅本沒甚麼要求，都知道大多用碎肉機絞爛的免治豬肉來做，配料味道不太糟糕就行。餐廳的肉餅大概早已備料，有點單就入爐蒸。鹹魚、鹹蛋黃放在肉餅上，可以輕鬆換掉；但梅菜不行，要切碎拌進肉餅內，多用了工夫。

在家自己做梅菜蒸肉餅的話，當然是買塊豬肉來手剁最好。阿媽從來不叫家裡做的肉餅做「肉餅」，叫「剁豬肉」，想來是種強調貨真價實的說法。台灣的「瓜仔肉」菜式與廣東蒸肉餅做法相近，但豬肉的處理方式好像不大相同。傅培梅的「蛋黃肉」、阿基師的「鹹瓜肉」都從免治豬肉開始，沒提及手剁豬肉的步驟。

梅菜雖不止見於廣東菜；但梅菜出產地，以廣東惠州的名氣最大。梅菜可以用新鮮芥菜、梅菜來醃。某則舊新聞說，元朗農民曾於一九五〇年代，在惠州醃製梅菜供應不足時大量種植梅菜，待二月收成後陸續醃製、販賣。

P說我家的梅菜剁豬肉是甜的，而他家是鹹的；這似乎是因為我家用甜梅菜，他家用鹹梅菜。梅菜買回來都要浸洗，泡出沙塵雜質。洗淨擰乾後，甜的放著，鹹的則要放些糖來調味。用梅菜芯的話，肉餅的顏色、質地比較和諧；用整棵梅菜的話，味道會濃郁些。

我已數年沒做剁豬肉了，因為下班常常買不到合用的豬肉；豬肉要用新鮮的半肥瘦，這是剁豬肉的常識。手剁豬肉各施各法，重點通常是如何黏合豬肉。有的人會加入生粉，有的加入雞蛋；有的說要拌勻，有的則說要甩打。豬肉剁太碎的話，過猶不及。

我家的做法是把脂肪和紅肉各自切成小粒；先把紅肉剁至黏爛，但指頭摸到肉粒的程度；再拌入脂肪，然後用生抽、老抽、酒、糖、胡椒粉調味。撒少許生粉後，加一、兩湯匙清水，不用甩打。梅菜、冬菇、馬蹄、土魷、茶瓜的話，切粒拌勻；鹹魚、鹹蛋黃的話，鋪面就好。選隻薄身淺盤來猛火蒸，蒸熟後可見肉汁；脂肪粒形狀依然分明。

剁豬肉的砧板要闊，刀要重，剁起來聲音很吵。小時候多聽阿媽的剁豬肉聲，漸漸記下了一種節奏，只靠聲音就能知道阿媽的豬肉剁好了沒有。我現在剁豬肉時，會跟隨那個記憶裡的拍子：

數個 Tempo 176 的四拍，One two three four，one two three four，one two three four，one（two three four）。四個四拍為一組，空拍時把豬肉摺疊起來，再來四個四拍。剁剁剁剁，剁剁剁剁，剁剁剁剁，剁摺摺摺。約二十組剁完，剁出一個彈牙的童年。

C5

88

第三部——肉部

煎檸檬豬扒

超級市場總是很擠。大家堆在鮮肉、鮮魚、蔬果前不願離開，卻又決定不了要買甚麼、買多少；莫名其妙地呆呆站著，一臉迷糊。想起在臉書上看過某些外國官員半罵半笑地說，防疫生活好像會令人特別能吃。

本來挺想吃蒸魚呢；但我們不一定要吃鮮肉，反而最怕擠。每星期只去凍櫃，添些雪藏肉就好。買到就急步低頭，趕快離開。上周買了一包丹麥梅頭豬扒，一共四件。先取兩件做洋蔥豬扒。很多舊食譜都喜歡指明「洋蔥豬扒」、「焗豬扒」是中式的豬扒菜式，想要把它們與西餐區分開來。

司明有篇寫在一九六〇年代的專欄散文，叫〈洋蔥豬扒之戀〉。我最初以為，他在說廣東菜館的洋蔥豬扒；怎料原來是上海菜館的。雖然我家是廣東人，但餐桌那道洋蔥豬扒用老抽調色，帶甜、帶酒香，又確像在學著濃油赤醬的口味呢。

中式的洋蔥豬扒先煎後焗，有時還會拿豬扒去炸，然後蒸焗。豬扒煎炸時不用很熟，之後焗熟就好；但豬肉肥一點、厚一點，耐火的比較好吃。我買到的梅頭豬扒切得有點薄；洋蔥豬扒做好了，卻覺得不大適合煎焗，就想把另外兩塊生煎。煎好再想想看，要做豬扒三文治、豬扒蛋飯，還是番茄豬扒燴意粉。

爸爸朋友L阿姨的父親，大概是開餐廳的。L阿姨會在去燒烤的時候，帶上一大盤大家都愛吃的檸檬豬扒。某年我們準備出發的時候，雷雨大作，只好撤退。L阿姨不想把檸檬豬扒浪費掉，就提議改去其中一人的家，把所有豬扒、牛扒吃光。爸爸對我說，阿姨、叔叔要來我們家燒嘢食囉。

關起鋁窗，開啟冷氣，倒出啤酒，叉起一塊檸檬豬扒。媽媽在廚房匆匆往返，然後一碟碟豬扒、牛扒、雞翼、紅腸、油煙味，陸續出菜。那個大雷大雨的周日下午，我們就這樣在擠得不行的梳化裡，在不打算停下來的麻雀聲裡，辦了一次燒嘢食。當時我還不知道，豬扒要煎多久才會變熟。

很多年後我才明白，我從沒見過檸檬豬扒的半片檸檬，因為檸檬是豬扒的醃料。我不知道，L阿姨父親的檸檬豬扒，是怎樣醃好的。我自己會把黃檸檬榨汁，用來與生抽、胡椒、糖、酒、少許老抽一起醃好拍鬆的梅頭豬扒，下鍋前再薄薄裹些麵粉或生粉。不怕用油的話，可以半煎半炸。厚的難熟，薄的剛好。

打麻雀我一直不懂，算是認得出所有圖案，會胡亂地「東南西，上」。啤酒會喝，豬扒會煎，但真的怕擠。豬扒肉質給檸檬汁弄得鬆軟，吃起來酸而不嗆。下酒的話，我喜歡做煎豬扒，多於中式焗豬扒。讓它在這一場看不見，卻不打算停下來的大雨之中，留下一點爽快和金黃。

C6

92

金菇牛肉捲

四月終於迎來延期又延期的畢業典禮。回校的畢業生，有些已兩年不見，變得成熟穩重。再次聽見他們大聲叫「老師」，必須忍住不哭，免得沾濕口罩。

「雞煲小隊」早已約定我，在畢業典禮後去吃午飯。他們是七個跟我感情較好的學生，畢業後還不時跟我見面。去年暑假，他們更自告奮勇，帶我和P去他們最喜歡吃的雞煲。從此我就叫他們「雞煲小隊」了。

當日「雞煲小隊」尚欠兩人，我們本打算只吃簡單午飯；但周末食客太多，陰差陽錯之下，我們走進一家自助韓式燒肉店。我至少十年沒吃自助韓式燒肉了。中年後通常是兩、三個朋友安靜地吃燒肉，旨在聊天；所以吃的都是日式燒肉，貪日式的酒單比較豐富。自助韓燒店像室內BBQ；口味大眾化，肉都醃成差不多的味道；有些食材根本不適合用來韓燒，好像加工紅腸、鴨胸等。

每次跟「雞煲小隊」吃飯，他們都會不斷遞上湯水、食物，把我照顧得很好，基本上不會給我離座勞動的機會。他們隨手取些鴨胸之類回來，都變成烤爐前的地獄廚神，烤焦了很多食物。其中數件金菇牛肉捲，長相甚怪：用一塊火鍋牛肉片，鬆散地圈著一束長長的金菇；看起來不像牛肉捲，反倒像一束用牛肉綁住的金菇花。

用平底鍋來煎金菇牛肉捲的時候，很多人會把牛肉片圈在金菇中央；因為平底鍋已把火焰隔開，金菇就算沒包牛肉也不怕焦。韓燒的話火候難控，金菇最好用多些牛肉包起來，否則金菇可能會碰到火，加上牛肉的油脂就燒焦了。把味醂、豉油、燒酎、木魚湯調成燒汁，反覆掃在牛肉捲上。用平底鍋則不要上蓋，不要用細火，以免金菇出水。上碟時灑些蔥和白芝麻。

「雞煲小隊」總是邊吃邊吵架，吵過後又努力吃，吃飽又大喊肚子好脹。要他們達到《禮記》那種「共食不飽」的境界，難於登天。剛開始教書時，我曾問老同學H，如何應對學生邀請的飯局。H早已入行，他說自己甚麼也不做，任學生約時間、選地方、點菜式；當老師的跟著做就行。也是呢，F老師從前都讓我和H亂選餐廳、亂點菜啊。

這一年我常常想，教師是不斷往學生的真心叩門的人。有些學生從不應門；有些會請我們進去，但坐下來方發現，那只是心房外的小玄關。畢業後招手請我們留下來的，就是緣分了。當學生亂燒古怪的牛肉捲時，大可撒手不管，任他們嘻嘻哈哈地燒個焦頭爛額就好。

至於「雞煲小隊」，我們已在計劃下個吃燒肉的日子。這次我也許會坐在一角，悄悄給他們把金菇花修整成不會燒焦的金菇牛肉捲。我喜歡看他們自稱食肉獸，看他們吵架，看他們吃一堆跟韓燒沒關係的薯餅、煎堆。喜歡看他們在路上發現我走散了的時候，回頭呼喚我的名字。

金菇牛肉捲

（四件份）

材料

金菇：150 克
火鍋牛肉片：2 片
味醂：2 湯匙
豉油：1 湯匙
燒酎：1 茶匙
木魚湯：1 湯匙
青蔥、白芝麻：適量

做法

①拌勻味醂、豉油、燒酎、木魚湯，調成燒汁。
②青蔥洗淨，切粒。
③金菇沖水後抹乾去腳，橫切成兩段。
④牛肉片亦橫切成兩段，捲起金菇成牛肉捲四件。
⑤牛肉末端一面下鍋，中火煎至牛肉兩面皆轉色。
⑥轉成小火，反覆把燒汁掃在牛肉捲上，直至金菇熟透。
⑦上碟後以蔥粒、白芝麻裝飾。

燒嘢食

台灣把中秋節變成「烤肉節」，但香港沒有。也許因為香港人一年到晚皆愛「燒嘢食」，不容易決定哪天才是「烤肉節」。我們很喜歡燒烤，每次雞翼上場，總有會人跟著周星馳鬧唱「燒—雞—翼，我鍾——意食」。某回翻閱舊期刊《大拇指》時，我翻出了一則一九七〇年代由「B-B-Q Supply Centre 燒烤供應中心」刊登的燒烤包廣告。這些燒烤包分成「豪華餐 $8.00」、「特大餐 $6.50」、「經濟餐 $4.50」三種，還提供送貨服務；價格中的最後一個「0」，於再沒有斗零可用的今天來說，可謂毫無意義了。其中「豪華餐」的內容，又有些超出我對「燒嘢食」的想像：

大雞肶〔髀〕一隻
香腸三條
豬扒二塊
牛扒二塊
雞翼二隻

去過燒烤這麼多回，我烤過雞扒雞中翼、雞全翼，從未烤過大雞髀；把好像人生那樣沉重的大雞髀安放在單薄的二齒燒烤叉上，怎一個U字了得？

從前學校辦秋季旅行，只允許五、六年級生燒烤，其餘一律野餐，「燒嘢食」就是我們「大個仔」的里程碑。五年級的時候，我第一個獨自準備的燒烤餐是個長方形的不鏽鋼盒，裡面放了紅腸、無骨豬扒、雞翼和炸魚蛋——它們曾是「自我」的全部。上了中學，有些穿Dr.Martens、戴Boy London的同學看起來總是與眾不同，嫌棄炭火粗野，硬要在眾多燒烤爐中架起gas爐烚肥牛。

其實燒烤粗野不粗野，要看燒烤的人。羅隼（羅琅）在〈爐峯社的三十五年〉裡談到，他在一九五九年後與海辛、李陽、譚秀牧、黃夏等為爐峯社籌辦的聯誼活動包括「去流浮山食蠔，到西環錢線灣游泳燒烤」。鄭鏡明也曾與「香港青年作者協會」文友燒烤，更為此行寫一首〈燒烤記〉：

一爐炭火，竟像熊熊的煉獄
雞翼、牛排、豬排、魚丸等在鐵叉脅持下
紛紛往火裡煎熬，或許惶恐
呻吟聲中全無血色了

金黃的蜜糖卻塗脂抹粉地
讓眾生在火裡重生

圍坐爐前，我們都像可惡的
牛頭馬面，貪婪嚼食著眾生的苦楚

誰又在嚼食我們呢？誰用鐵叉
詩情與豪情又是否化灰成燼
從灣仔到北角，幾許聚散的長路
年少的狂傲，早成淡淡的白髮了
我們曾揹負多少的芒鞋
〔……〕
一冊詩，一冊小說，有如甘香的蜜糖
烈火只能燒得更芬芳

——鄭鏡明〈燒烤記〉（節錄）

文人燒烤一點也不粗野，也用不著 Boy London 和 gas 爐；鄭鏡明用「一冊詩，一冊小說」來烤；麥瑞顯也用詩集、詩歌來烤：

赤焰半透明
嚙著烏炭的晶瑩
抹香草蜂蜜的字扒
蘸芥末的音符
通通燻在爐頭

張開血盆大口
談笑間倉卒吞咽辨不清來自何方的
時間的破片
詩集狼藉遺下填充練習
歌譜折射得幾道黑白的彩虹
正好串起詩歌烤
碎屍拼湊
吟唱誦讀新作一首首
咔嘞滋滋心有不甘地在淌淚油

——麥瑞顯〈燒烤〉（節錄）

我們都特別愛在燒烤時聊天。東瑞在〈一串燒烤的日子〉裡坦言起初不大喜歡燒烤，覺得「浪費時間」；後來漸漸發現燒烤聊天的樂趣：

燒烤的原始風味，也意味著對「現代包裝」的厭倦。當三五伙伴在寂靜的天台上燒烤時，海浪在遠處呼嘯，風在樹葉間穿梭，情緒變得萬分活躍，話語突然格外地多，思路也特別清晰起來，我們不正是也把夜燒烤成「不夜」嗎？

——東瑞〈一串燒烤的日子〉（節錄）

「燒嘢食」總有個節奏：先來雞肉腸、紅腸片、牛丸和魚蛋等很快烤熟的食物填肚；待飢腸轆轆的感覺稍給壓下，黑椒牛扒、檸汁豬扒和蒜茸雞翼才能亮相。烤過雞翼後，爐火給滴下來的雞油搶猛了，大家興致更高，一窩蜂去抓起滑潺潺的咖喱魷魚來。其中那個「黑椒牛扒、檸汁豬扒和蒜茸雞翼」的階段，那個火上加油的前夕，時間份外漫長，讓圍爐者不得不聊天解悶。方禮年在〈那夜，在中灣〉裡點明，比起大雞髀，「聊天」似乎才是燒烤活動的正場：

沒有一隻雞翼、雞脾（髀）、豬扒燒成金黃色
雪白的麵包變了焦黑的碟
我說我以前燒烤過一隻金黃熟透的雞脾（髀）
祇是各人早已嗾不下多少食物了

於是，我們便大笑起來
有人講一些引人發噱的話
有人談一些工作上的事
也始終少不了猥褻的話

火紅的爐旁也有好幾陣的寒涼感覺

——方禮年〈那夜，在中灣〉（節錄）

燒雞翼雞髀、乘車遠走郊野、到凍肉店挑選食材、收拾用具，都是聊天的神聖時刻。在想像的火焰中，西草（現用筆名「池荒懸」）用詩來閒聊現實生活的餘燼：

燒烤爐肉銀白的剩炭
於冬日郊外
相互磨擦取暖

「現在的樓價還是太高了，
怕要再等幾年吧……」

你若無其事的收拾野餐的餘物
帶領太太和兩個小孩
向巴士站走去

海灘像停擺的鐘一樣寧靜
你有沒有留意你新增的白髮
與原本的黑髮交織
猶如紋路細緻的毛衣

——西草〈海灘像停擺的鐘一樣寧靜〉（節錄）

烤著、聊著，青澀而無憂的歲月，漸漸隨牛丸、雞翼一併烤熟。燒烤大多是群體活動；如獨自起火，就會像某篇討論如何一個人燒烤的潮文那樣，在眾多群體中顯得詼諧又寂寞。梁文道曾說，獨自燒烤是發呆沉思的好時機。想起某個寫文件的冬季深夜，我又冷又悶，便拿一支長竹筷，蹲在桌下的石英管電暖爐前烤 Rocky Mountain 棉花糖。畢竟不是明火，棉花糖烤了很久才變焦；只是未能與人樂樂，不妨獨樂。

燒雞翼，我鍾意食。在維港的柔波裡，我甘心做一支抒情的燒烤叉。

第四部

蛋部

D1

106

菠蘿蛋

幾個朋友提起拙作〈福爾摩斯的煎麵包〉裡的「菠蘿蛋」，都覺得菠蘿蛋好像挺可口。菠蘿包的滋味，都在那層甜脆皮上面吧。無法一口咬下，脆皮邊吃邊掉，多可惜。菠蘿蛋則用鹹的蛋皮蓋住了已經融化的甜脆皮，裡頭是油香，滋味就齊全了。

我不知道第一個做菠蘿蛋的人是誰，只知道上水街市「明記」賣菠蘿蛋。念小學時，我們都是幾戶街坊一起在茶檔吃早餐的，其中一家是「明記」。往熱燙的扒爐倒入蛋漿，攤成大蛋皮，在上放好稍為壓扁的菠蘿包，包好切開。傳菜的是老闆明哥，街坊會喊他「大眾姨丈」之類。明哥笑著說：「菠蘿蛋！」我們小朋友立即擱下手上的玻璃樽裝維他奶，拾起菠蘿蛋旁的小鐵叉。有些阿姨另點蛋治烘底；有些則走去遠處的「梁伍記」買「過枱」的雞翼米粉。

我很喜歡看廚房師傅用扒爐煎蛋。第一次看廚房師傅煎蛋，是在新亞書院的學生飯堂。看著阿姐在扒爐前，用鏟子把半熟蛋漿摺來摺去，弄成方形蛋餅，蛋治裡的炒蛋就不會跌出來了。趁阿姐摺蛋餅時說聲「熟蛋」，阿姐就會用鏟子輕壓蛋餅。

菠蘿蛋用菠蘿包來做煎蛋的餡料，其實就是「菠蘿包奄列」。「奄列」（omelette）是香港譯法，其他中譯還有「西式蛋捲」、「歐姆蛋」等。著名美國廚師Julia Child做的是法式奄列，餡料可有可無，蛋漿有兩隻雞蛋，添加少量清水、鹽和胡椒；然後燒點牛油，下蛋漿，不斷搖鍋，煎成香軟蓬鬆的奄列。日本的蛋包飯（オムライス）有兩種，一種用煎蛋包著米飯，另一種則在米飯上放個無餡奄列。很多茶檔、飯堂常餐的火腿奄列，都沒在追求法式的蓬鬆；反而薄身、脆口，有些會用上濕生粉，不易破。

在家做菠蘿蛋，沒有扒爐，最好用直徑超過二十八厘米的圓形平底鍋；也許現在流行的長方形雙面煎鍋亦可行，但要想想包裹方法。菠蘿包橫切，抹牛油後烘香牛油面。在平底鍋裡攤開加了鹽、濕生粉的蛋漿，煎至半熟、可以離鍋的樣子。慢火不及猛火脆，但較容易控制。放上菠蘿包，甜脆皮朝下。鍋子夠大的話，就把包放上方，覆向下方；小鍋的話，則放在中央，包起四邊才翻面煎。學著阿姐用鏟子輕壓。

中原亞矢的漫畫《請和這個沒用的我談戀愛》（ダメな私に恋してください）裡，有個很會做蛋包飯的黑澤步。他個性高冷，但會用茄汁在蛋包

飯上寫個LOVE，並說它叫「打起精神蛋包飯」（元気の出るオムライス）；鼓勵後輩生活不如意時，要打起精神。菠蘿蛋是菠蘿包奄列，也就是「蛋包（菠蘿）包」了。明哥可以把「菠蘿蛋！」改成「蛋包包！」嗎？

蛋餅

某天我提早半小時起床，頭髮未梳茶未喝，就溜進廚房做蛋餅。那天與寫作課的學生約定，我們要一起於上午九時正上課時，在電腦熒幕前吃早餐，並用早餐照來完成寫作練習。星期五中午的寫作課，也約了學生一起隔空吃午餐和練筆，做的是蛋治。

今年九月以網課開學，學生和我好像準備好，又好像沒特別準備過甚麼。大家都有網課的器材和經驗，但不再在同一空間裡呼吸。如果不用打開視訊的話，連衣著也不怎樣要準備，彷彿那個活在眾人之中的「我」的氣息，變得愈來愈薄弱了。二月開始全面網課至今，我們大概還未準備好，如何抓住現在沒法伴在身旁的那些人。我們的笑容、眼神，都在彼此的記憶裡日漸朦朧。

視訊聚餐就像烹飪、餐飲節目，是個視覺主導的飲食過程。初夏之時，我第一次約到身在日本的G和身在台灣的AP，辦了一回網上小酒會。在電腦前吃飯，有些細節得講究一下：酒杯的腳不能太高，否則常常出鏡；

下酒菜最好是沒甚麼湯汁的，不要沾濕鍵盤；菜式要切成小塊來煮，忙著低頭用刀叉的話，其他人就只能看著你的頭頂了。不要忘記的是，要選容易咀嚼的食材——在視訊鏡頭前，儀態太重要了。我先做好番薯甘筍熱沙律、香草番茄烤雞柳。打開鏡頭前，再開一瓶冰過的rosé。

主持面授課堂的時候，學生都很有禮，不會在課上施施然吃起飯來；最常見是帶著冰冷的三文治，趁寫練習、讀文本時找機會悄悄啃兩口。我在學時反倒比他們亂來，曾在范克廉樓咖啡閣打包一盒波浪型炸薯條，帶到邵逸夫夫人樓去上古詩課。許多年後，我跟寶貝學生B，到學生飯堂去吃下午茶。當她只點一碟炸薯條時，我突然想起了這一節古詩課。

學生吃的東西種類很多：有吃粟米片、乳酪等冷食的人，更多人會吃熱食。吃冷食的話也許會胃痛，這就無法主持三小時課堂了，我還是挑熱的、可以用筷子夾著吃的較穩妥。做蛋餅前，先要煎好餅皮麵糊：混合麵粉、生粉、鹽後，加進蛋汁、油、清水。麵糊熱油下鍋、攤薄，細火兩面煎至透光，取出備用。雞蛋打散下鍋，整理成餅皮大，在其上覆上餅皮至雞蛋煎熟。雞蛋上鋪滿粟米粒、肉鬆、吞拿魚、芝士片、生菜絲等餡料，調味後熄火，捲起蛋餅。稍稍壓平，切件上碟，添上醬汁、蔥花。

打開即時新聞網頁，看見軟件公司預告又再提升視訊會議功能的報道，說是可把參與者置入同一虛擬場景。有朝一日，這些軟件會不會可以，讓我們感覺到生活的溫度呢；這大抵不會是B成家立室前所發生的事情。學生寫完練習後，我要開始長時間的講授環節了。蛋餅和紅茶給擱在手提電腦後方，慢慢變涼。

D3

114

煎蛋

小學時上的是「下午校」，上午不用上學，可以去吃早餐。七時半起床，不到八時已可在樓下的大牌檔或茶餐廳坐下來了。吃的大多是「早餐A」：牛油方包、西煎雙蛋、火腿通粉。

「煎雙蛋」總讓我們想起「早晨」。王良和在散文〈曇花．廟街〉裡想像曇花度過早晨的方式，也是吃個「火腿煎雙蛋」：

萬物與我同在，如果我的意識裡沒有它〔曇花〕，它是否真的在人世間活過？坐在沙發上，偶然凝望陽光照著曇花的綠葉，綠葉泛著溫暖的、微微透明的青色亮光，在我的眼中一晃一晃。它一邊享受日光浴，一邊在吃早餐吧？在青色的亮光中，我聽到刀叉相碰的輕響，水滑過喉嚨一聲滿足的骨碌。我真想問：在你的世界裡，也有火腿煎雙蛋，橙汁或西柚汁嗎？希望你幸福。

——王良和〈曇花．廟街〉（節錄）

「火腿煎雙蛋」是比「煎雙蛋」層次更高的早餐；「早餐A」吃不到，

但「營養餐」就可以吃到了。「營養餐」有牛油方包、火腿煎雙蛋、新鮮牛奶，比「早餐A」少了一碗粉，但多了半塊火腿和一瓶玻璃樽金蓋或銀蓋牛奶。煎雙蛋旁，還伴著兩片青瓜、番茄，看起來真的很有營養。盡可能堆起一切關於「營養」的意象。

踏入考試季節，有些家長會點個「營養餐」，請伙計把火腿換成雞肉腸，然後著子女把這碟比喻「100分」的「腸仔煎雙蛋」吃下。「營養餐」比「早餐A」貴，我不敢無事亂點，更不曾在考試的早晨吃「100分」。反正有時考到，有時考不到；尤其是考數學那天，吃甚麼都應該沒差。

煎蛋可分成「太陽蛋」、「荷包蛋」和「全熟蛋」三種。點「太陽蛋」或「荷包蛋」的話，就可以用那塊牛油方包來沾生蛋黃了。這是我喜歡吃煎蛋的原因。很多人吃煎蛋都講求「脆邊」，就是吃到邊緣給熱油炸脆的蛋白。美國舊食譜 *Mrs. Wilson's Cook Book* 裡面的煎蛋做法，則不會認同「脆邊」這回事。它反而強調煎蛋火力不可持續增強，必要時應關掉爐頭，這樣才不會讓蛋白的邊緣出現硬皮（crust）。

顏純鈎也在短篇小說〈天譴〉寫到吃生蛋黃的情節，但沒有我小時候吃得那麼高興：

～一早就出門來了。也不是急，只是在家裡呆不住。坐在快餐店，對著那份早餐，擺擺弄弄的，不知從何吃起。熱氣騰騰的煎雙蛋，刀尖輕輕一碰，蛋黃流得鋪天蓋地。薄薄的蛋白，使勁用刀子割著，在磁碟上刮出吱吱嘎嘎的尖利聲音。割成一條一條的，像撕碎的白背心，挑在刀尖上，慢慢看，舌尖一捲吃進嘴裡，倒像嚼一張破紙，終於還是吐了出來。

——顏純鈎〈天譴〉（節錄）

雞蛋下鍋形狀欠佳，蛋白就會四處亂跑。沒有脆邊或硬皮，只有破紙、破布，倒人胃口。因為在家呆不住而出門吃早餐，則是故事人物另一個倒胃口的原因。

我喜歡「煎雙蛋」，也因為它曾帶給我很多個自由自在的早晨。九時前吃飽早餐，就和鄰居在空地玩耍、跟著大人去街市，或者到琴行練琴；搞了一整個早上的大龍鳳，回到家裡仍然未到十一時，可以看一會圖書再吃午飯，然後上學。校鐘於下午一時才會響。

馬若早餐的時間過得比我更悠閒，因而不經意在回憶舊事。有次他想起，戴天在廣播道家裡，為他這個客人做煎雙蛋：

戴天的家裡
吃著他煎的雙蛋　你會問

那豈不是風馬牛不相及的事故嗎
告訴我　真個是風馬牛不相及的事故嗎
（陽光移過窗戶
　落在街道
　這清晨　還算不算是清晨）
〔……〕
戴天的煙斗
煙
昇起
笑容
煎雙蛋
迫迫卜卜的聲音
頓覺遺下了一點
「禪」的味道
生之戀　與及
年輕的嘆息

——馬若〈一個秋天的清晨想起戴天的煎雙蛋〉（節錄）

大概是因為小時候吃「營養餐」的機會太少，我的早晨過得愈來愈匆忙，愈來愈沒有營養。小學回校是五分鐘，中學是二十分鐘，大學是四十五分鐘。現在沒有趕上特快巴士的話，則至少一小時才可以回到辦公室。出外吃早餐的日子，早已離我很遠。今天的雞蛋還不能隨便生吃；方包沾蛋黃，只能像戴天一樣在家做，用標明可以生吃的雞蛋來做；比「營養餐」裡的「火腿煎雙蛋」貴得多。

就像一隻下鍋形狀欠佳的煎蛋，無論往哪裡咬下去，人生也難免有像在咀嚼破布的時候。比起煎得香脆、半生熟的雞蛋，我覺得現在的自己，更像煎蛋旁邊的番茄和青瓜。一樣的圓滚滚、乾巴巴。

D4

120

滾水蛋

家裡的布置不大合意。每晚要寫很多字，或者批改很多功課；但書桌卻愈換愈短。一攤開參考書就覺得很擠，更會乾脆抱著手提電腦，在客廳的梳化上流浪。

有時深夜寫字寫得太累，就會直勾勾盯著放在窗前的電鋼琴。標準的八十八個琴鍵，獨佔了整列窗；換成書桌的話，同時放兩部電腦來校稿，也綽綽有餘。居家工作的日子愈長，這個想法就愈強烈。上星期我終於問P，好不好把電鋼琴丟掉，然後買一張長長的書桌。

大抵是因為這不是我從小就放在身邊的琴，所以丟掉也沒有甚麼捨不得。它是在研究院時代，為了應付最後一次鋼琴考試而買的。家裡用的是傳統鋼琴，那時候沒辦法在日間練琴，急需一部可以插耳機來晚上彈的。買的時候沒想太多，只想求個及格。學生哥買不起，還要來個分期付款。

家人待我考過第三級才決定買琴。在最初階段，母親給我租琴房，每天在茶檔吃早餐A配滾水蛋，吃飽就去琴行。伙計常常笑嘻嘻地放下滾水蛋：「阿妹，和尚跳海，和尚跳海！」把生雞蛋打進一杯滾水的情景，的確有點像跳海；只是和尚要跳海，與小女生有何關係呢。他雖沒惡意，但現在想起來總覺得有點粗俗。

滾水蛋對小學生來說很有營養，母親不反對我喝。玻璃杯內泡在熱水裡的生雞蛋很漂亮，蛋白緩緩凝固，沉澱在下的蛋黃卻完全沒有泡熟的跡象。要儘快用鐵茶匙刺穿蛋黃，不然水不夠熱會不衛生，砂糖添下去亦不會溶。

我喝過的滾水蛋應該都挺衛生，至少我未曾在練琴的時候拉肚子。不想練琴、坐在琴房裡獨自發呆的時候，倒是有的。琴行職員會巡房，快速敲敲沒有傳出琴音的房門。趕快練習吧，快要到下次上課的日子。

最後一次鋼琴考試及格後，我偶爾會練練琴，卻沒有繼續習琴了，自然也不會再有下一次鋼琴課。窗前的電鋼琴已經接近十年沒有打開，長期閒置，應該在某一年給放壞了。八十八個琴鍵的標準長度，與我人生第一張書桌的長度很相似，可以同時攤開幾張美勞課用的標準畫紙。純白的長書桌向四周延展，讀書寫字的人坐在中央，端正地窺探世界。直至母親嫌書桌太佔位，就讓人把它搬走，換來另一張很短的黑色書桌。有一排鑲了兩扇玻璃門的書櫃，沉甸甸壓在我的頭上。

P總覺得，把窗前的琴丟掉這件事哪裡不妥。也許是因為，它很可能是我人生的最後一部琴。某天下課後，我收到P的訊息說剛剛把琴通電，原來沒有放壞，仍然可以彈；所以買長書桌的事，暫時只能放下。它畢竟是個惡俗的念頭，一直泡在快樂裡。

鹹蛋黃

我挺喜歡吃端午鹹肉糭和中秋月餅，因為裡面放著鹹蛋黃。小時候常常聽大人說「鹹蛋要有油水」，我不大明白為甚麼鹹蛋有油脂，以為鹹蛋浸過油；後來才知道油脂來自蛋黃。

袁枚在《隨園食單》裡提到的「醃蛋」，應是鹹蛋。他不喜歡去白的鹹蛋黃，認為最好把蛋黃、蛋白、蛋殼一同上桌，免得味道失衡和浪費油水：

醃蛋以高郵為佳，顏色紅而油多。〔……〕放盤中，總宜切開帶殼，黃、白兼用；不可存黃去白，使味不全，油亦走散。

我不聽清朝人的話，只喜歡吃鹹蛋黃。雖然我家所有人都喜歡吃鹹蛋黃，但鹹蛋黃上桌的日子不多；因阿媽認為，端午、中秋前後，街市的鹹蛋黃最好吃，只應在這些時候買。過節後不買鹹蛋黃，會用完整鹹蛋。

去白生曬的鹹蛋黃顏色鮮豔澄澈，十分好看。禾廸的詩時見童趣，她在短詩〈鹹蛋黃〉裡，把我們小時候的「鹹蛋黃」寫進去了：

門柵沒有關盡　餘下／容人側身擠過的寬度／不知在等待些甚麼／

更不知誰人／將二十隻鹹蛋黃／擱在門外／朝每個過路的人／迎面打招呼／像二十個和煦的太陽。

「喜歡吃鹹蛋黃」這句話，不是在說「鹹蛋蒸肉餅」、「蒸三色蛋」；也不是在說「金沙豆腐」、「黃金蝦球」、「鹹蛋黃薯片」或「鹹蛋黃撈麵」，這些用鹹蛋黃來調味的菜式和點心。有時候在街上吃鹹蛋肉餅飯，會吃到中間橫切成半的鹹蛋黃，真是啼笑皆非。我們喜歡的，是單獨蒸熟上桌的鹹蛋黃。在飯煲的白米上隔水蒸熟鹹蛋黃，每人吃一個，是夏天和秋天才會出現的滋味。

去年夏天，我在一個書會聽到一位陌生的朋友說，移民去了美加的人會用雞蛋代替鴨蛋，在家自己醃鹹蛋。我在書會後看看醃鹹蛋和醃鹹蛋黃的做法，覺得用雞蛋來醃鹹蛋黃也不錯；雖然油水沒鴨蛋的那麼好，但是去掉的雞蛋白可以用來炒鮮奶。有些人先將蛋急凍，解凍後鹽醃，成品圓渾，可以放在鹹肉糭裡；有些人直接鹽醃，醃好的蛋黃扁平，比較像街市買回來蒸的鹹蛋黃。

想要色澤漂亮的鹹蛋黃，就不要用美國雞蛋，它的蛋黃只是淡淡的黃。我的雪櫃平日存的是日本雞蛋，蛋黃偏紅，很合用。在帶蓋的盒子鋪一層鹽，放上蛋黃，其上再灑滿鹽，就可以上蓋冷凍。淺淺地醃個一、兩天，蛋黃變硬後洗去鹽粒，風乾，就可以蒸。蒸的時候，可以掃點米酒和油。這樣做出來的鹹蛋黃有點彈性，不會呈沙狀。

中秋有后羿射下九個太陽，數目沒有禾廸詩裡的多，但應足以一直吃到入冬。屈原的蛋黃卻全都抛到河床餵魚，於是我們要自己醃。把蒸好的鹹蛋黃放在白飯上，沾些砂糖，撒些葱；我端午過節時吃這碗夠了。

茶葉蛋

有一件事，我打算在好友Ｌ忙碌過後去問她的，就是她家一周要買多少盒雞蛋。近來發現，Ｌ一天可以吃四隻白焓雞蛋。假設她家只有她一人吃蛋，也只需三天，就吃光一盒普通的美國大蛋了。是個很可觀的數量呢。

從前與Ｌ共事時，她已常常帶著，她父母大清早煮熟的白焓雞蛋上班。我上了大學才給自己買早餐；此前都是獨自吃母親堆在雪櫃的急凍點心、麵包、蛋糕和粟米片等，甚少吃到現煮的。記得Ｌ早上會在家先吃一些焓蛋，然後再帶些回辦公室。她是潮州人，說得出的醬菜，她家都吃；更不消說早上那鍋潮州粥了。對於習慣早上開伙的人來說，白焓蛋可算是道便捷的小菜。

「焓」是我最喜歡的雞蛋煮法。因午膳時常看Ｌ一顆接一顆地，吃下雪白的熟雞蛋；所以我後來，也會在火車站的涼茶舖買些茶葉蛋了。蛋是我和Ｌ、Ｈ、Ｏ、Ｐ幾個人都愛吃的東西。Ｈ曾研究不用食油來做出煎蛋脆邊的方法；Ｏ似乎喜歡做炒蛋；Ｐ用微波爐叮蛋的技術已非常熟練。某回我們吃飯，大家很快就達成了，點十份開邊燻鴨蛋的共識。

帶殼焓熟的雞蛋，最方便帶出門吃。王良和在散文〈金蘭〉裡，提到登黃山時「沿途不時有賣茶葉蛋的」。燻蛋、溏心蛋、溫泉蛋、薑醋蛋和滷水蛋等，我都喜歡；但除了薑醋蛋外，都容易摔破，較難隨身。帶殼的白焓蛋、鹽焗蛋和茶葉蛋呢，即使放在背包裡搖搖晃晃，也令人安心。茶葉蛋煮至中途就要敲碎蛋殼，吃時很好剝。

有些食譜不叫「茶葉蛋」做「茶葉蛋」，而叫「五香蛋」。「五香蛋」其實比「茶葉蛋」貼切；吃「茶葉蛋」總是滿嘴八角味。若論茶香，燻蛋略勝一籌。一九五〇年代的某個家常食譜，會用茶葉、桂皮、花椒等來「煮成茶色」；可見其「茶葉蛋」的「茶」指向蛋的顏色，而非口味。

雞蛋沖洗乾淨，先焓五分鐘，然後浸在冷水裡。變涼後敲碎蛋殼。用紅茶葉配上各類香料和調味料，煮出喜歡的顏色和味道。我不喜歡深色，沒有下豉油。放雞蛋進茶湯，沸騰後關火浸泡至少數小時。帶出門吃的蛋，浸得老熟；切開不算好看；反倒是去殼後在蛋白上顯現的淡淡茶紋，更為漂亮。

吃過焓蛋的下午特別飽，心情總不錯。可惜焓蛋的蛋味較濃，外面的人走進吃過焓蛋的房間裡，會覺得房間有點腥臭。幸好，茶葉也是我們幾個人喜歡的東西。吃過茶葉蛋，打開房門，泡壺熱茶，用茶香把蛋腥一點一點趕出去。

復活節後，再吃幾隻在茶葉裡復活的蛋。泡在混濁的日子裡，我極力留住每天若隱若現的忍耐力和鬥志；為要待好風吹散不幸的外殼，又能與好友一起吃恰蛋，喝工夫茶。

茶葉蛋

（四件份）

材料

雞蛋：4隻
紅茶茶包：約30克
花椒：2湯匙
八角：2顆
香葉：2片
肉桂：1條
冰糖、鹽：適量

做法

① 雞蛋沖洗乾淨，冷水大火下鍋，水沸後轉中火煮五分鐘。
② 半熟雞蛋浸泡冷水降溫，變涼後抹乾，用茶匙敲碎蛋殼。
③ 花椒、八角、香葉、肉桂洗淨，與紅茶茶包下鍋。
④ 鍋中加入可以浸過雞蛋的清水，煮沸後上蓋，小火煮出湯汁的茶色和香氣。
⑤ 湯汁以冰糖、鹽調味後，加入帶殼雞蛋，重新煮沸，加熱五分鐘。
⑥ 湯汁關火，取出茶包。浸泡雞蛋至少兩、三小時，每半小時為雞蛋翻面。

心得

雞蛋上色比入味快，可考慮多做一隻，作試味之用。如喜歡深色，可加入豉油。

第五部

蔬果部

E1

●加多加多

參加了一個以「廣東報刊」為主題的學術工作坊。主持人N於會議後，悉心安排大家往「沙田茵餐廳」（Shatin Inn）吃印尼菜。從前的沙田是郊遊勝地，有很多如「雍雅山房」、「龍華酒店」、「楓林小館」等富有情調的餐廳；「沙田茵」也是其中一員。我因從未到過「沙田茵」，而且「沙田茵」也是一齣我很喜歡的電影，就是由杜琪峯執導的《阿郎的故事》之取景地，所以非常期待這頓飯。

《阿郎的故事》中的阿郎（周潤發飾）特意用電單車，載舊情人波波（張艾嘉飾）到從前拍拖的地方「沙田茵」，想要向波波交代兒子波仔（黃坤玄飾）的身世，也希望重拾舊情。他給波波點了一杯珍多冰加兩支飲管（波波立刻改為「兩杯珍多冰」）、半打雞肉（沙嗲雞肉串）、半打牛肉（沙嗲牛肉串），以及加多加多（Gado Gado）。

珍多冰、沙嗲串和加多加多，都是經典印尼菜式；其中以用上很多印尼食材來做的加多加多，最能展現印尼菜的基本口味。加多加多是涼拌菜，可以配飯，通常給寫成「印尼沙律」、「加多加多沙律」。印尼不同地區的加多加多，做法各有不同。配料可下青瓜、番茄、米糕、烚蛋、烚大豆芽、烚椰菜、烚通菜、烚豆角、烚薯仔、炸豆腐、炸紅蔥頭、炸蝦片等；醬料又可下印尼蝦膏、羅望子汁、花生碎、甜豉油、辣椒、椰漿、椰糖、青檸汁、檸檬葉、魚露等；有的把醬料澆在最上方，有的則墊在最下方……實在難說誰較正宗。

我不大能吃辣，甚少吃印尼菜，但喜歡吃印尼蝦片和加多加多。加多加多不難做，預備想吃的配料和醬料就行。我在家簡單做，也得用上十多種材料。弄用研鉢混合，與配料拌勻食用。我在家簡單做，把生熟配料分別煮、切；醬料成一大盤，已是飽足的一頓飯。印尼食材很容易在東南亞食品店買到，價格非常親民。怕材料用不完，也可用現成的加多加多拌醬。至於蝦片，我雖很喜歡吃「明輝」，但還是恭敬地買些印尼乾蝦片回來。蝦片除了油炸，也可放進微波爐，用中高火叮一分鐘。蝦片在微波爐裡自由發揮，看起來雖沒油炸的平整、漂亮，但香脆依舊。

那是個風和日麗的下午。及時在蝦片上放些椰菜、青瓜，沙田就可口起來。我們邊吃珍多冰、沙嗲串、加多加多，邊討論廣東報刊、播音和古蹟的數碼保存技術。錄音帶會走音，舊報紙會發黃，它們都無法永遠活在過去。波波覺得十年不見的阿郎沒怎麼變，但十年沒喝的珍多冰卻變得很甜。也許有天，我們會為某個過去的人做一桌珍多冰、沙嗲串、加多加多，來代替我們想要講的，卻再也沒法說出口的綿綿情話。

E2

138

椒絲腐乳通菜

第五部——蔬果部

在學校飯堂買午餐，得到的「時菜」常常是菜心。我本已不大喜歡吃菜心；況且夏天的菜心不當造，這令我滿腦子更是噴灑農藥的情景。雖然那些菜心長得挺漂亮，但我還是吃得不情不願。

想起第一次擔任助教的那個八月，常常與其他助教一起到飯堂吃午餐。某天配餐的通菜炒得不好，變黑了，躺在水汪汪的紫灰色菜汁上。有些人不敢吃下，把通菜推向碟邊，不讓菜汁沾到白飯。我家很喜歡吃通菜，在外吃過不少炒壞了的；所以我並沒在意，把菜都扒進口裡。

通菜，也就是蕹菜、空心菜、抽筋菜。炒得不夠快的話，通菜會過軟、變色、出水。短幼色深的旱蕹還好，稍為變黑的話，不算顯眼；長長的青翠水蕹則較難辦，炒壞了就會像一條條倒人胃口的髒鞋帶。

用椒絲、腐乳來炒的通菜最受歡迎；雲吞麵店的灼通菜也很精彩，不澆蠔油，而改用調好的腐乳醬。水蕹長得比旱蕹長，菜葉也較薄；直接原棵炒的話，水蕹的梗和葉會生熟不均。這就像黃仁逵在散文〈灣仔道上〉

寫的晚飯剩菜和妻子的敷衍應答一樣，淡然無味、沒完沒了：「『哦——』他老婆答，尾音拖得長長地，像盤子裡一條腐乳炒水蕹。」

只要把通菜的梗、葉同時快速炒熟，就不會過軟、變色、出水。全程開蓋猛火急炒，水份好好蒸發，就能快速炒熟。先爆炒辣椒絲、蒜茸，再下通菜，最後才下已用砂糖和酒調味的腐乳汁。不下鹽和芡，兜勻腐乳汁就立即上碟。有些人會先氽水，我則喜歡生炒。

至於如何同時炒熟梗和葉呢？有些人會摘開梗、葉，炒好菜梗後再拌入菜葉。這樣炒好的通菜，梗葉分布不勻稱。黃茂林在散文〈腐乳通菜〉裡，寫下了一個更好的主意。散文裡的「三舅父」，每天、每餐都吃通菜。他吃得非常講究，摘通菜的方式很聰明：「清洗的時間，記住，舅父說，不要用刀切，要用指甲把它們掐開，選擇在梗與枝葉之間用力掐，每一截掐下來的通菜梗必須連帶一片葉子」。梗變得很短，葉變得很長，炒起來就沒有生熟的問題了。上桌後筷子一夾，每箸通菜都有梗有葉。

雖然三舅父很會摘通菜；但他吃通菜的方法，卻沒甚麼人欣賞。每吃一斤通菜，他總在炒好的菜裡再拌進十多塊老腐乳和一茶匙辣椒醬；同桌的人都受不了這股陳腐氣味。我猜三舅父家人總有半年鼻子清靜的時候；畢竟通菜的生老病死全在夏季，最晚吃到十月便過造。

通菜最有趣的地方，大概是每截中空的菜梗。這圓柱形的空間，似乎是通菜刻意留下的位置，為要保存夏天的美好。吃過有梗有葉的通菜，我們大概也會成為美好的一部分了。把通菜炒好吧，不要辜負它甘願花掉一輩子來抱緊的陽光。

椒絲腐乳通菜

（一至二人份）

材料

通菜（蕹菜，以旱蕹為佳）：300克
小紅辣椒：2根
蒜頭：2瓣
腐乳：2塊
糖、酒：適量

做法

① 通菜洗淨，摘成帶葉短梗。
② 小紅辣椒洗淨切絲。去籽可以減低辣味。
③ 蒜頭洗淨去皮，剁茸。
④ 腐乳以糖、酒調味，拌成腐乳醬。
⑤ 爆香辣椒絲、蒜茸。通菜下鍋，大火快速炒軟。
⑥ 下腐乳醬，兜炒均勻，立即上碟。

番茄牛肉

終於能勉強擠些時間出來，線上看了在Google Play買的《金都》。加上早前趕及進場看的《幻愛》、平安夜在家看的《叔・叔》，我和P終於看完「高先三寶」了。「高先電影」這三齣同在二〇二〇年上畫的香港電影口碑甚佳，輿論熾熱。大家最愛討論的，自然是哪一齣最好看了。

我和P很難不喜歡《金都》，因為我們一直都喜歡看鄧麗欣的作品，拍拖時已買了她的首張個人大碟；而《幻愛》拍下的，是我們熟悉的屯門。如果真的要比個高低，而又可以自我地、抒情地比較的話，我最喜歡的會是《叔・叔》。《叔・叔》裡的大量香港家常菜，比《桃姐》更精彩。看到中段，肚子已經餓扁。師友都在社交平台上，研究《叔・叔》那碟貴妃雞。

最難忘的兩頓飯，分別是男主人公海、柏在桑拿搭食的三十元飯，以及他們在家同煮同吃的晚飯。桑拿那頓伙食是典型的住家飯：梅菜鯇魚、白切雞和蠔油冬菇扒西生菜，豐富得像過節；煮法是俐落的清蒸、焗烚，有點像員工伙食。

海、柏在家同煮同吃的晚飯，則由結伴選購食材開始。兩人吃的是韭菜雞紅、老火湯、清蒸石斑和番茄牛肉。菜式比桑拿伙食還多，蒸的是貴價海魚。柏覺得讓海破費買一百二十元的石斑，感到不好意思。海遂問柏想吃甚麼，柏答了「番茄牛肉」。結果石斑、番茄牛肉都上桌了。

牛肉怎樣炒才不會變韌呢？其實切更重要。不要順紋切，要逆紋切。牛肉醃好後，快炒求個鑊氣；然後爆香大部分番茄塊與薑、蒜，加水燜出茄醬；一人把牛肉和餘下的番茄塊回鑊，另一人倒進生粉芡水。

看《叔·叔》那天，我湊巧在讀一些關於「適當飲食」（proper meal）的資料。「適當飲食」就是「好好地吃飯」的意思，是理想家庭的飲食指標。肉、菜、飯、湯，這些是我們心目中的「正經」、「有益」。「住家飯」這個概念，限制了我們對「家人」、「同桌人」的想像：有正當的家，就會有正當的住家飯。

我們辦婚禮時，也在金都商場花了不少血汗錢。婚後不常吃正經的住家飯——這樣還好，我和我的二十厘米平底鍋，根本蒸不出嫩滑的石斑。想吃炸蠔和吹海風時，偶然會坐輕鐵到三聖。《幻愛》散場後，P不肯去吃消夜，因他記下了場景的隧道編號，想立即回家證實，部分場景其實並非屯門。回家途中，他又重新向我說明，社工、臨床心理學家與輔導員的分別。

不算繁忙的時候，我們會心虛地開一枱肉、菜、飯、湯。可以做番茄牛肉，可以蒸鯇魚或剁肉餅，但常常忘記買薑。某天工作挺順利，回家前就先給P打電話，說我今天有很多時間做預備晚餐，他想吃甚麼，可以儘管點菜。他說太好了，然後說想吃白豬仔午餐肉和地捫粟米湯。

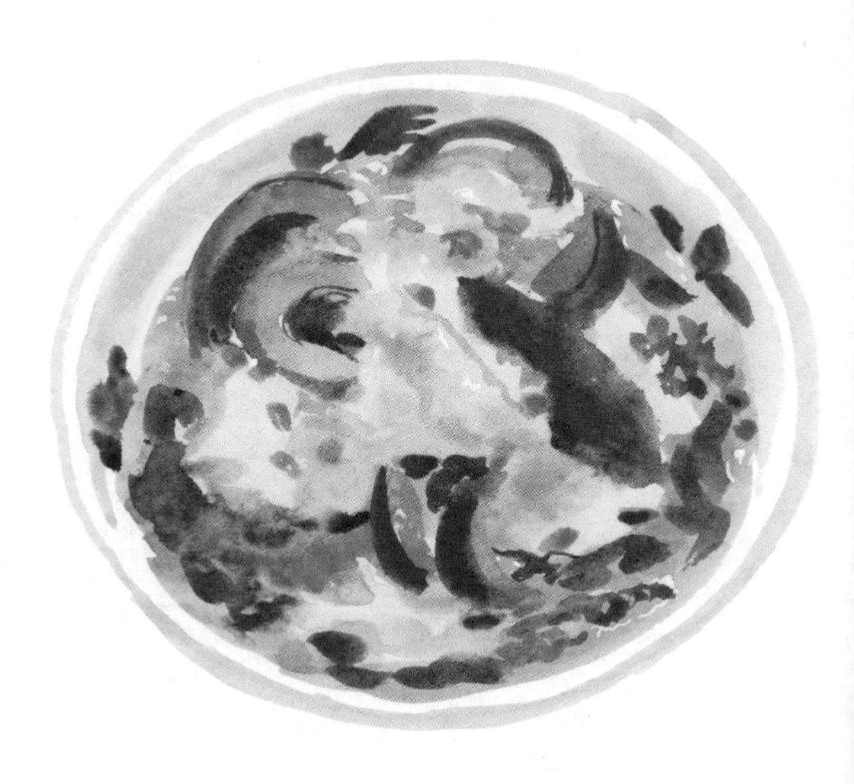

146

番茄炒蛋

每年請寫作課學生談談自己心目中的家常菜，最受歡迎的總是番茄炒蛋。有趣的是，他們喜歡番茄炒蛋，但不一定喜歡其他番茄菜式。某天為學生訂晚餐，我以為大家都喜歡番茄炒蛋，就訂了一大盤番茄肉醬意粉。怎料大家都興趣缺缺，寧願吃沙律和迷你牛角包。那盤無人問津的番茄肉醬意粉，最後只能跟著我回家。

那麼，喜歡番茄炒蛋是甚麼一回事呢？很多人說，因為家裡做飯的人常煮這一味，多吃了便覺得是家常的味道。「你們家怎樣做番茄炒蛋？」「就是切番茄、打蛋，然後炒啊。」有些學生說要先煮番茄，再在鍋的中心下雞蛋；有些則先煮雞蛋，再下切得細碎的番茄；有些更說，乾脆把雞蛋、番茄一併兜炒，很快就可以開飯了。

汪曾祺在散文〈昆明菜〉裡說，昆明的「番茄炒雞蛋」，會把番茄「炒至斷生，仍有清香，不疲軟，雞蛋成大塊，不發死」、「顏色仍分明」；即是雞蛋要先炒，而番茄則炒至剛熟、爽口的意思。他說北方的「西紅柿炒雞蛋」炒得「一塌糊塗」，則應指菜式的水份較多。讓番茄多留在鍋裡煮，煮得軟爛，水份就跑出來。北方人大概不會認為，自己一直在吃「一塌糊塗」的家常菜。

我喜歡先炒好一堆半熟的厚蛋塊備用，然後煮爛三分之二的番茄；調整酸味後，再把蛋塊和餘下的番茄回鍋。帶少許湯汁，撒些剁碎的蔥或羅勒。有些人還會放叉燒、豬絞肉、魚滑或豆腐。有些人去掉番茄的皮，有些人下茄汁，有些人打生粉芡。

我問寧願吃沙律和牛角包的學生，比較喜歡用番茄煮成的肉醬意粉，還是用芝士、雞蛋煮成的卡邦尼（carbonara）意粉。所有人都選卡邦尼。後來，我見到學生就會問；從一年級到四年級，從大老山到吐露港，答案都是濃郁香滑的卡邦尼。

因為很多人都喜歡番茄炒蛋，所以不喜歡它的人，特別顯眼。今年班上有兩個。其中一人說，家人經常煮，讓他吃膩了；另一人說，因為居處附近的老人院總在煮，終日嗅到番茄味的油煙，漸漸生厭。我沒有吃膩、生厭，但番茄炒蛋在我上大學後就失蹤。母親說，這是小孩子的菜式，再也沒有煮和吃的必要。

近日在快餐店吃著番茄肉醬意粉時想起這件事，就問P從前家裡有沒有做番茄炒蛋。「有啊。我很喜歡吃番茄炒蛋。」「那你會選番茄肉醬意粉，還是卡邦尼意粉？」「當然是卡邦尼啊。」

到底番茄炒蛋是甚麼一回事呢？它就像是動物園裡的小獅子，只能養在家裡，長大了卻走不出去。我默默想著，並把吃不下的番茄肉醬意粉推向P：「待你吃光，我們就回家。」

柑橘

柑橘蜜、柑橘糖，總覺得「柑橘」這個詞語很特別。「香蕉」是「香蕉味」，「蘋果」是「蘋果味」；那麼「柑橘」是「柑味」，還是「橘味」呢？在李時珍的時代，「柑」、「橘」是兩種不同的水果。有謂「柑大於橘」，且柑「味辛而甘」，橘「味辛而苦」。現在「柑」、「橘」常常通用，況且先進的種植技術能讓柑中有橙，橙中有橘，實已難分。

說起寫柑橘的人，我先想到的是朱自清，然後是芥川龍之介。朱自清的散文〈背影〉和芥川龍之介的短篇小說〈蜜柑〉，湊巧都寫送行和送柑橘。「蜜柑」本指其中一種柑橘；本地舊報紙常以「蜜柑」來泛稱柑橘，如「惠陽蜜柑」、「西班牙蜜柑」等，愛「蜜」字的引人垂涎。日本的「蜜柑」（みかん）雖不同於「橘」（たちばな），但「蜜柑」中譯時常常變成「橘子」。

帶水果外出的話，選柑橘的人蠻多。也許是因為柑橘皮薄肉厚，多甜少酸；比橙好剝，比香蕉潤喉。朱自清的橘子不是他自備的，而是為他送車的父親，臨時在火車站買給他的。芥川龍之介筆下的蜜柑，則由只有

十三、四歲的笨拙女孩自己帶上火車；她不是想要吃蜜柑，而是打算穿過隧道後，用力把蜜柑拋給幾個在遠處目送的小兄弟。

朱自清說，父親給他的橘子是「朱紅的」；芥川龍之介則說，女孩的蜜柑給陽光染熟了。他們都沒有說明，得到柑橘的人，最後有沒有把柑橘吃掉。愈走愈遠，安定的生活漸漸隨火車頭的蒸汽煙消雲散。這時候，手裡那個沉甸甸的柑橘，就是離開的人或留下來的人，所能依靠的燭光。

柑橘可以做成糖漬橘皮、橘子醬、蜜柑大福；發燒時多喝鮮榨柑汁很不錯。粵語少用「橘」，我會以體形較大者為「柑」、「大柑」，較小者為「柑仔」。去買些柑，配龍井做冰茶。泡些稍濃的龍井，放涼後製成冰塊；柑則橫切榨汁。柑皮以熱水洗淨後切絲，灑上砂糖，下鍋或用微波爐加熱，做成糖柑皮。取玻璃杯，放滿龍井冰塊，倒入柑汁，也可以加點酒或梳打水，最後撒上糖柑皮。

朱自清的〈背影〉應發生於一九一七年，發表於一九二五年；而芥川龍之介的〈蜜柑〉則發表於一九一九年，以一九一六至一九一九年之間的個人見聞取材，故事時間與〈背影〉的相當接近。於這段時間寫成的，還有魯迅發表於一九一八年、沒有特定故事時間的短篇小說〈狂人日記〉。魯迅寫了一個任何時代皆可發生的故事；他不寫送行和吃柑，寫吃人。龍井柑茶清涼潤喉，不為送行，只為安慰。送給流淚的青年，寂寞的小兄弟，受苦的孩子。

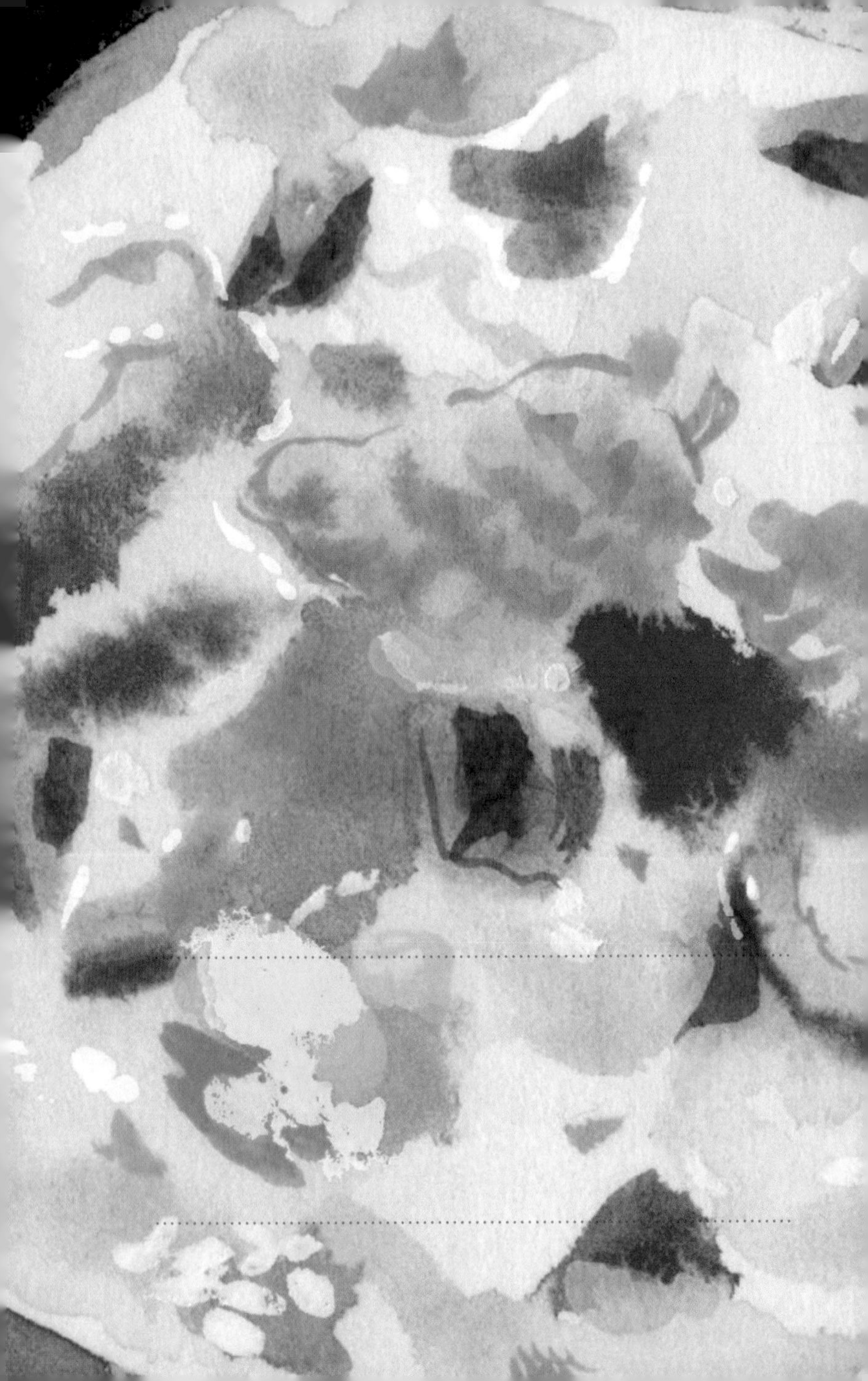

第六部

粥粉麵飯部

F1

人肉飯

某個早上回母校看資料，在圖書館的角落坐下來，把握時間盡量多看。看得眼睛累了，才發覺已是下午二時，不小心錯過了午飯時間。

這種時候，受歡迎的菜式好像燒肉飯、肉餅飯之類的，通常都賣光了；但是還有半盤免治牛肉吧？好像某學期的星期三，我二時才下課，課後都會去游泳池旁的Snack Bar吃免治牛肉飯。「唔該免牛飯。」「一個人肉飯！」一盛飯阿哥總愛先這樣大喊一聲，然後用大勺子，把滿滿的白米飯盛在圓碟上；再用另一大勺子，往白米飯澆上一勺他口中的「人肉」。

人肉飯的肉醬不用費力咀嚼，一口接一口，很快就吃個清光；有時領到餐、吃飽飯，同行的朋友仍舊站在麵檔前，等著他們的油菜和魚蛋河。舒巷城有篇寫於一九五五年的短篇小說〈星期六的下午〉，是講述兩名白領麗人周末下班，去餐室吃午飯、聊秘密的故事。她們各點一份免治牛肉飯，劉珍勸滿懷心事的麥清蘭先吃掉午餐，很是聰明；免治牛肉飯可以儘快吃飽，好讓麥清蘭進入正題。

現在到茶餐廳吃的免治牛肉飯，會配著煎蛋或窩蛋。牛肉大多用茄汁、茄膏來煮，也有些是用中式玻璃芡的。小時候，家人都不喜歡點免治牛肉飯，覺得材料太便宜。有時還寫成「肉醬飯」，只有茄汁與不知名的肉末，醬多於肉，血肉模糊；總之在外吃就是吃虧。記憶中的Snack Bar人肉飯，是開胃的番茄味，肉末裡混了些番茄皮和冷藏雜豆。至於有沒有雞蛋呢？我想不起來，以為隨便問問校友就知道；怎料有的説「有」，有的説「沒有」，有的更從來沒有吃過Snack Bar人肉飯。

「免治牛肉」也是一道家常菜。有個一九六〇年代食譜「豆仁免治牛肉」，用洋蔥、青豆來煮，不下茄汁，打玻璃芡，不配雞蛋。這食譜是寫給小家庭的，只用三両牛肉，約一百克。現在至少是每人一百克吧，已經不再是臉無三両肉的日子。

現在我都不會再像小時候那樣，隨便在外生吃雞蛋了。要做窩蛋、太陽蛋，會用標明「巴士德消毒」（pasteurisation）或適合生吃（例如用日文寫著「生食の場合」等字眼）的雞蛋。免治牛肉不用調味，直接在爆炒時放胡椒、豉油、糖、酒，再下切塊番茄、茄膏、清水燜煮一會，熄火前加入灼熟的冷藏雜豆。煎一隻太陽蛋。

八月某個下午的二時，我沒法吃到Snack Bar的人肉飯，因為Snack

Bar已於我離開母校工作的那一年結業，轉為素食餐廳了。人肉飯跟頹飯的價錢很貼近，說不上是美食；但是我們都知道，肚子最餓時吃到的飯，就是世上最好吃的飯啊。下課那一刻，對我來說，盛飯阿哥就是世上最好的人。記憶總是血肉模糊的，「一個人肉飯」沒有了，只剩下想念人肉飯的一個人。

煎蛋免治牛肉飯

（一人份）

材料

白飯：200克
免治牛肉：100克
三色雜豆：3湯匙
（可生吃）雞蛋：1隻
番茄：100克
茄膏：2湯匙
胡椒、豉油、糖、酒：適量

做法

① 番茄洗淨，切粒。
② 三色雜豆沖水後，以沸水煮熟。
③ 免治牛肉洗淨後，下鍋與番茄粒拌炒，用胡椒、豉油、糖、酒調味。
④ 在鍋中央爆香茄膏，與番茄、牛肉拌勻，加清水至蓋過食材的高度，煮沸後轉小火煮十分鐘，拌進少量麵粉，做成肉醬。
⑤ 加入三色雜豆後熄火。
⑥ 雞蛋只煎一面，成太陽蛋。
⑦ 在已加熱的白飯澆上肉醬，放上太陽蛋即成。

F2

160

蛋炒飯

防疫下搶米成風，猶有餘悸，且有後遺症。我們平日吃麵多於飯，本不理會；但某親友說她那區的白米完全搶光，於是我們嘗試替她買些。怎料買到後她卻也買了，說不要我們這邊的，於是家裡就多了五公斤白米。

如果是粳米還好；但替親友買到的，是長秈米。除冬天要煮煲仔飯外，我們不吃秈米，這下更加頭痛，唯有盡量吃中餐。努力煲白飯，煲到三月還是吃不到兩公斤，就做點炒飯。

最多人吃過的炒飯，似乎是蛋炒飯了。我最喜歡的是西炒飯，可茄汁不是人人接受；揚州炒飯、生炒牛肉飯、鹹魚雞粒炒飯、瑤柱蛋白炒飯、欖菜肉碎炒飯也很好，大部分都會用雞蛋炒，但較難吃到蛋黃炒過後的香味。

薛興國在〈愈簡單愈有味道〉裡，先提及逯耀東在〈祇剩下蛋炒飯〉裡的精緻蛋炒飯「金鑲銀」，就是用蛋汁包裹飯粒的蛋炒飯；然後列出三種常見的蛋炒飯做法：先用蛋液浸過飯才炒、直接把蛋打在炒飯上炒，以及先炒蛋後加白飯。薛興國說，最後一種蛋香最佳，更是古龍最喜歡的炒法。

我父母做的蛋炒飯，算是薛興國所說的第二種加上第三種。從隔夜冷飯開始，把生鐵鑊燒紅後下油，油熱下冷飯炒散、下鹽；在白飯中央撥個大圓圈，下蛋液稍煎，再急速兜炒。

我很不會做這種炒飯，一來沒在用中式鑊；二來手不夠快，慢吞吞炒不好。番茄炒飯的話，我通常會模仿意大利燴飯，用湯或水來生炒；有點不倫不類，至少飯粒分明，自己吃就好。蛋炒飯的話，用煮飯時少放點水的新鮮熱飯來炒，其實比冷飯容易。至於雞蛋太快凝固的問題，則通常會像薛興國說的第一種方法那樣，先用蛋液浸泡已趁熱撥散的飯，再用熱油來炒。手慢的話，會熄火炒，待蛋液凝固再加熱。這樣炒的話，飯可能會有點硬，可添兩匙清水蒸軟。軟了要補點油重新炒香。

逯耀東、薛興國所說的「金鑲銀」，現在有人說成「黃金炒飯」。普通中餐廳很少看見「金鑲銀」，通常是帶明顯蛋絲的炒飯。辛其氏在〈飯堂裡的年輕群像〉裡寫的，應也不是「金鑲銀」了：「但英在學生會耽擱得晚了，有好幾樣快餐已賣光，她要了蛋炒飯，一碗同白開水幾乎沒有兩樣的紅青蘿蔔湯，捧著餐盤東張西望，意欲尋找一個安身的位置。」我曾在外吃蛋炒飯嗎？好像沒有。真想去鼎泰豐點一盤。

P吃著加了薑、蔥的蛋炒飯時，想起鳥山明《龍珠》（ドラゴンボール）裡，有個衣服上寫著「炒飯」的壞蛋角色。那角色叫ピラフ，意思就是一種叫「手抓飯」的炒飯。突然覺得吃掉炒飯，就像吃掉壞蛋一樣，心裡暢快。多吃炒飯，也許會多長智慧，並會多長幾公斤肉。

F3

天津飯

某教學簡報須用上「孫悟空」的圖片。因孫悟空的真人造型都是毛茸茸的，不大英俊；所以我去翻了翻鳥山明的日本漫畫《龍珠》（ドラゴンボール），改用裡面的孫悟空來做插圖。

《龍珠》故事初段登場的人物，大多以食物來命名；如故事裡的孫悟空是外星人，他的本名「格古洛」（カカロット）取自「紅蘿蔔」的諧音。有些人物還以日本「中華料理」來命名，如「飲茶」（ヤムチャ）、「普洱」（プーアル）、「烏龍」（ウーロン）、餃子（チャオズ）、天津飯（テンシンハン）等。「中華料理」不是中菜，而是帶中菜風格的日本菜，價格經濟、份量划算、菜式惹味；都有春捲、炒飯、煎餃、湯麵、小籠包，但口味與中菜並不相同。

《西遊記》裡的孫悟空身手不凡，言行則較像頑童，算不上很有大將之風；而與他為敵的二郎神驍勇善戰，更像故事中的武神。鳥山明筆下的天津飯也有外星血統，擁有三隻眼睛，應參考了二郎神於通俗故事裡的三眼形象。這三眼男子雖像二郎神一樣英明神武；但他的名字「天津飯」，卻是盤溫柔的蛋包飯。

「天津飯」又叫「天津丼」、「蟹玉丼」（かに玉丼），基本是白飯、炒蛋、芡汁三種食材。就像「揚州炒飯」不是揚州菜，天津飯並不是天津菜。天津飯只能在中華料理店、日式餃子店吃到；不只天津吃不到，連中菜館也吃不到。炒蛋不用確實做成蛋包，只須像芙蓉蛋飯般，蓋住白飯就行。《深夜食堂》中那對偷情男女吃的「天津炒飯」，則用了日式中華炒飯來代替白飯。

它的蛋不會像芙蓉蛋的配料般豐富，可以是淨雞蛋。用上配料的話，可以放在蛋裡或芡汁裡。配料多為芽菜、青豆；「蟹玉丼」會用蟹肉。再豪華的，可加蝦仁、冬菇絲、筍絲和紅蘿蔔絲等。我較喜歡把配料放在蛋裡，讓芡汁看起來乾乾淨淨。把炒熟的配料加進蛋汁內，拿去再煎成蛋餅，鋪在白飯上。芡汁是蠔油芡、豉油芡。

日本的電視劇、漫畫和小說，常常以中華料理店為城市人下班放鬆的場景。朱野歸子的小說《我要準時下班！》（わたし、定時で帰ります。）裡，就有家叫「上海飯店」的中華料理店。女主人公東山結衣每天都不肯加班，為的就是要趕上這家店的 happy hour，獨自大啖啤酒、糖醋肉、小籠包。

餃子、春捲、炒飯適合大伙享用；天津飯則像拉麵，湯汁難以分裝，比較適合獨自吃光，似乎能合東山結衣的胃口。也許亦適合孫悟空、天津飯、飲茶這些不解溫柔的習武青年。

在冰箱中找到冬天做火鍋剩下來的日本蟹腳肉，也找到了色澤暗啞的青豆、放了數天現已軟弱無力的芽菜，統統放進天津飯裡好了。一人一碗前塵往事，各自修行。

F4

168

金寶雞皇飯

第六部——粥粉麵飯部

我喜歡在寫作和散文課上，與學生仔細讀完梁實秋的〈麥當勞〉。梁實秋是翻譯專家，雖以「麥當勞」為題，但他會在〈麥當勞〉裡稱呼「麥當勞」（McDonald's）為「麥克唐納」。他在作品裡提到自己喜歡一種名字譯為「坎白爾湯」的罐頭：「梁實秋在說甚麼湯呢？」「金寶湯！」年輕人應答迅速，同時稍稍為大作家竟直言自己喜歡吃罐頭而驚訝。

金寶濃縮湯（Campbell's condensed soup）是大眾速食；即使是安迪．華荷（Andy Warhol）的普普藝術（pop art）名作「金寶湯罐頭」（Campbell's Soup Cans），也不會是人皆認同的優雅之作。〈麥當勞〉亦不是《雅舍談吃》裡最精彩的飲食散文；之所以讀來有趣，是因梁實秋並不排斥美國的快餐、罐頭飲食，反而以此點出文化優勝劣敗的關鍵，展現了梁實秋的個性、學識、胸襟。我們可以在舊報紙裡，找到用「衛生」、「營養」為賣點的金寶湯罐頭廣告。金寶湯並不精緻，但它可以讓我們在洗手作羹湯時保持風度。

在散文裡提到金寶湯的人，我還想起梁文道。他覺得卡通版本《海迪》（Heidi）裡的山區湯食，長得很像金寶忌廉粟米湯；也提及自己上大學後為要省錢買書和煙酒，就時常用一罐罐頭湯來打發一頓飯，因為濃厚的西式湯方便果腹。

我喜歡自己煮濃湯，有時候也會喝罐頭湯。金寶以外，還會選亨氏（Heinz）和Marks & Spencer。最喜歡的金寶湯是西芹忌廉湯（cream of celery soup）和雞麵湯（chicken noodle soup）；現在都沒有本地行貨了，只能買昂貴的外國貨。近來也問問文友喜歡甚麼口味的金寶湯，方知道很多人都喜歡忌廉、粟米、蘑菇；最受歡迎的，是忌廉蘑菇湯（cream of mushroom soup）。

小時候，別家的孩子常來我家吃飯。人多不易準備，阿媽喜歡用金寶湯來做碟頭飯，經濟又快捷。濃縮罐頭湯討人喜愛的地方，在於減少水份的話，它就是醬汁。在每個孩子面前放下一碟白飯或意大利粉，倒一兩勺用罐頭湯和切塊肉類、蔬菜煮成的醬汁，派一支餐匙；這就是我們眼中的「西餐」了。我很快也從孩子，變成給孩子派白飯、醬汁、餐匙的人。

把醃好的雞片煎香，加入青椒、紅椒、蘑菇拌炒，再倒進金寶忌廉蘑菇湯，添點清水，煮開後澆在白飯上。我現在會稱這碟飯為「金寶雞皇飯」

——當我對P說，我們晚上吃的是「金寶雞皇飯」，而不是「雞皇飯」；P就意會到我沒有花時間用鮮忌廉等食材去做雞皇（Chicken à la King），也能理解我當時的忙碌或壞心情了。

關於金寶湯，我還想起獨居的姨婆。最後一次看見她煮好的食物，是她把忌廉蘑菇湯直接倒進電飯煲後攪拌過的白飯；也就是她當天的午餐和晚餐。那時候，她到底是忙碌，還是不開心呢？我人不體貼，沒察覺到這問題。現在只能一廂情願地希望，姨婆是在省錢，為要買讓她快樂的書。

F5

火雞粥

每次訂聖誕火雞，店家都會隨雞附送一把牛扒餐刀。現在家裡有三把。火雞很難在一夜吃光；吃的人數太少，就不會訂。聖誕派對之後，選擇帶走剩下火雞的人也不多，不想給火雞塞滿自己的雪櫃。

十二月跟好友説起，今年我家會在聖誕節兩個人吃一隻火雞，他們都笑我們在重演《麥兜故事》。麥兜的家，只有他和母親麥太兩人。聖誕之後，麥太把火雞做成火雞三文治、銀芽火雞焗米、啫啫栗子火雞絲煲、花生火雞骨粥、火雞粟米湯和裹蒸糭。在裹蒸糭內夾出火雞的時候，麥兜哭了。火雞一直吃到端午節也吃不完所要説的事，自然不是珍惜食物、眼闊肚窄這些老套話題，而是在説那更老套的、麥太對麥兜的愛。

就算是十多人的派對，火雞也總是吃不完；這大概是因為，我們分火雞的方法太笨。火雞上桌時，雞胸正面向著我們，我們會選在這個平坦的地方切片。愛吃雞胸肉的人不多，大家吃過一輪，就轉吃其他食物，很快把火雞油多肉嫩的髀、翼、側胸、背，以及甘香的火雞骨忘掉。

訂火雞的時候，我們早已知道只有我們兩個人吃。今年訂火雞，正是因為火雞可讓我們兩個人足不出戶吃幾天肉，不用在連假裡張羅外賣。火雞到家的第一天，我們會先吃配肉汁、紅莓醬的雞胸；飯後會把火雞拆骨起肉，留待做成不同菜式。

我們聖誕後吃火雞的方法，與麥太的差不多。火雞胸撕成雞絲，與蘋果、西芹、松子做成沙律。雞髀、側胸、背的肉連皮切片，煎香夾三文治，或者鋪在白飯上，再淋滿醬汁、撒滿芝士，做成焗飯。剩下的是雞翼、雞殼和其他雞骨：清理腹腔的醃料後，一半用來熬雞湯，一半用來煲雞粥。數天就吃掉整隻火雞，不用包裹蒸糉。

我最喜歡熬雞湯、煲雞粥的環節。因為火雞骨早已焗過很長時間，非常入味，煮四十五分鐘就變得很濃郁，鹽也不用怎麼放。火雞骨煲出來的湯，和一般西式雞湯沒兩樣；但火雞骨粥呢，味道完全不像平時的雞粥，卻像豬骨粥。火雞骨與白米、花生凍水直接下鍋，煮成粥後再添些火雞肉片。花生以外，還可以配菜乾、眉豆、蠔豉。

這樣想來，我算是喜歡吃火雞的人吧；但我也有像麥兜那樣，對著火雞粥哭出來的時候。我常常在假期生病，尤其是在沒清水可喝、沒蔬菜水果可吃、深夜還未回家、女子被迫負責煮食分餐買禮物的家庭聖誕派對後。

某年我生病時，一起開過派對的人，只留下一鍋連烤火雞皮一起煲的、隔晚剩下的火雞粥，讓阿爸下班回來給我加熱吃。

那時候，我嗅到隔夜火雞粥油膩的味道，突然很想吐，於是把粥倒掉，哭著睡去。之後再沒有人在我生病的時候給我煲火雞粥了；我也永遠忘不了，那支冰冷的瓷湯匙。

F6

煮個麵

很多朋友會在五月凌晨一時至六時上線。有改試卷的，有上夜班的；有身在歐洲的，有等著夜歸人的。我們在線上互道早安，不時聊著自己當晚要吃甚麼消夜。

今年身體不大好，醫生著我晚上要減少吸收澱粉，所以我的消夜常常是乳酪和杏仁。別人的消夜呢，有時是幀照片，如不少學生會給我寄來一碗煙霧迷漫的即食麵，然後留言「請你食」；有時卻是道數學題，如H上星期來問究竟五粒「宜家肉丸」，還是一個日本素麵較易致肥。

大台光環消散，麵可以自在地煮。即食麵上桌的速度，真叫人難忘。只是泡杯紅茶的時間，麵就煮好。有些人會配些雞肉腸、火腿、午餐肉、五香肉丁、沙甸魚或煎蛋；有些人甚麼也不下，就一個即食麵，只為一屋油膩香味。

年輕時看過一齣叫《薰衣草》的香港電影。這齣電影噱頭十足，安排了一些香味專場，聲稱看戲時會嗅到薰衣草味。我和幾個女同學高高興興地進場；開場不久，卻是陳慧琳在夜裡獨自吃麻油味「出前一丁」的鏡頭。陳慧琳的角色，是香薰導師。她的即食麵本是個哀傷的故事，愈吃愈苦。在香味專場看到即食麵，我卻疑心四周的不是薰衣草味，而是麻油味。

顏純鈎寫過一篇叫〈公仔麵〉的迷你小說，裡面的即食麵不知道是否好吃，但肯定可以醫治悲傷。故事裡的父親，以一種很古怪的即食麵煮法，來留住立心要自殺的兒子：「你知道嗎？我發現了一種公仔麵的新吃法，一包公仔麵、四粒芝麻湯丸一起煮，香甜糯滑，味道妙不可言。從前都不知道公仔麵有這麼好的吃法。有時候，平平常常的東西，變個樣子來吃，就吃出新味道出來了。」兒子掛線後想著想著，想出一點芝麻湯丸即食麵的滋味和希望來，最後大概會打消自殺的念頭了。

我現在已與那些在二十年前，一起看薰衣草味電影的同學失去聯絡。某回與學生聊起年紀，發覺我比他年長約二十歲；猜想他正是在《薰衣草》上映的那一年出生。他吃的已不是「出前一丁」，而是「不倒翁」了。學生說深夜吃過即食麵，只要多喝水、多做運動，就不怕發胖。這恐怕是跟我曾跟他們說，上課時多思考、多發問，成績就會好的同一個道理。

某個批改試卷的凌晨三時，我開始想念海鮮味「出前一丁」的味道。用雪平鍋同煮清水和即食麵；水一沸，麵也熟了。放些味粉、麻油、火腿、番茄，連鍋上桌。有段時間，我很喜歡一邊煮麵，一邊哼唱林夕為《薰衣草》主題曲所填的歌詞：「為甚麼我活不到更好／為甚麼以為我很苦惱」。只是喝杯紅茶的時間，麵就吃光了。請黑夜的苦就此消散。

F7

180

芝士撈丁

很喜歡鄧麗欣在《藍天白雲》、《空手道》那張硬朗的臉。《空手道》又會讓我想起另外兩齣喜歡的港產片，就是《柔道龍虎榜》和《打擂台》。暑假可以找個空閒的周末，重看這三齣戲：看《柔道龍虎榜》時吃豉油西餐，看《打擂台》時吃臘鴨煲仔飯，看《空手道》時吃芝士撈丁。

《空手道》是齣充滿碳水化合物的電影：芝士撈丁、拉麵加白飯、火鍋烏冬、杯麵、腿蛋通、飯素拌白飯……大家總是吃飽飽。碳水化合物比脂肪更令人又愛又恨；食店的餐碟上總是放著少許肉、更少的蔬菜，其餘的空白都由飯、麵填滿。沒怎麼吃脂肪，仍然變胖。

看過《金都》的報道，又想吃芝士撈丁了。最初偷懶一下，買了常吃的即食芝士通粉（macaroni and cheese）和時興的韓國芝士即食麵來解饞。吃完不過癮，還是做個芝士汁。芝士撈丁的芝士汁，就是加了芝士的港式白汁。這說法有少許問題，因為港式白汁本來就常用芝士來調味；芝士汁則比白汁放更多芝士。

製作港式白汁的方法，介乎法式白汁（béchamel sauce）與意式芝士白汁（Alfredo sauce）之間。法式白汁先把牛油和麵粉炒成「麵撈」（roux），再加牛奶煮開；意式芝士白汁則不放麵粉，依靠芝士來使牛油和忌廉變稠。港式白汁先煮麵撈，再用牛奶和芝士調味；所用芝士通常是便宜的加工芝士片，不是天然芝士。

鮮明的芝士味似乎是我們對芝士撈丁的共識，這方面看似是加工芝士片的表現，比天然芝士好。加工芝士片的色素、調味各就各位。麵撈煮好後，逐次交錯加入牛奶和芝士片；調整鹹甜就可立即上桌。有些食店不做麵撈，改用罐頭忌廉湯。

天然芝士則須用巴馬臣芝士（Parmesan）、水牛芝士（Mozzarella）、瑞士芝士（Emmental）、忌廉芝士（cream cheese）和車打芝士（Cheddar），甚至慷慨地用藍芝士（blue cheese）來配搭味道和色澤；然後要用胡椒、鹽、糖仔細調味。煮好就靜置數小時，讓芝士與麵粉、牛油充分入味。若不入味，我們會覺得，加工芝士片做的能勝過天然芝士。

《空手道》裡吃的是新記的芝士撈丁，放上豬頸肉片。我不吃豬頸肉，改煎些豬扒，雞扒其實更好。這碗撈丁分別在道場阿爸出殯、大師兄出獄、道場阿女失戀和被小孩打倒後出現，是失意人吃的碳水化合物。出前一丁不要煮太軟，比放湯的硬些，拿去過冷河、晾乾後，拌些牛油才上碟，就不會像人生一樣黏糊了。

阿爸和我的血管都不好。醫生常勸我減些碳水化合物，不要讓三酸甘油酯再創新高。這時候我總想到，阿爸早上用來填肚子的無餡餐包和淨米粉。芝士撈丁不能多吃——這跟血管無關，畢竟誰都不想總是過著失意的日子。

F8

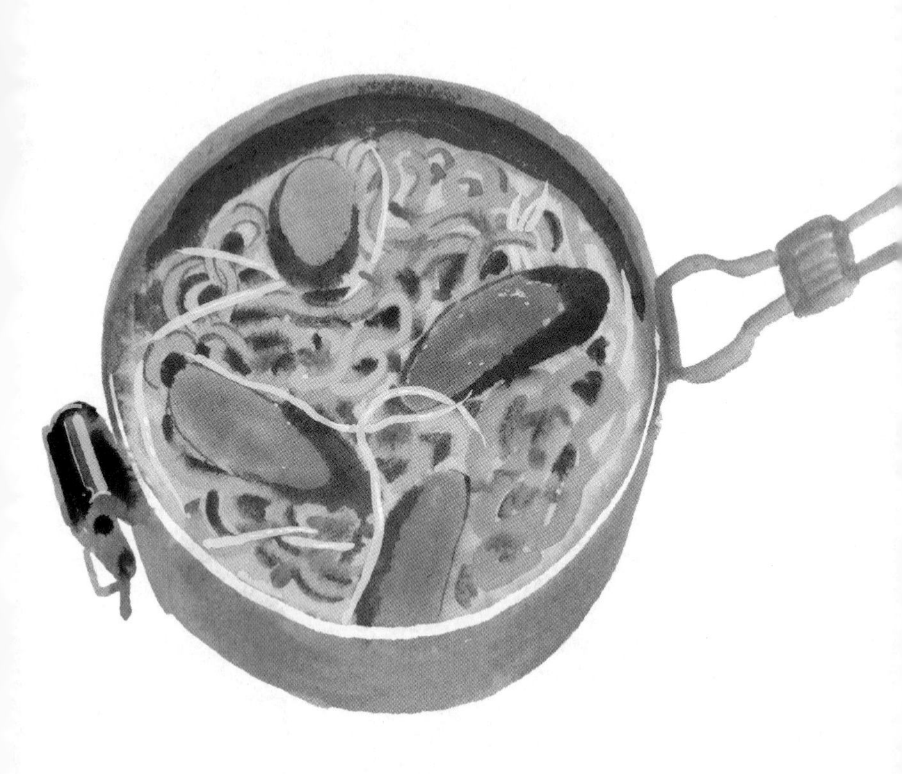

184

札幌一番

清理廚櫃時，我在角落那堆海鮮味「出前一丁」（でまえいっちょう）裡，找到一包快要過期的味噌味「札幌一番」（サッポロ一番）即食麵。從前要去日式超市才買到的「札幌一番」，近年已在本地超市上架了。

味噌味「札幌一番」於一九六八年在日本面世，與「出前一丁」同年推出，而比「出前一丁」更受歡迎；其中又以味噌口味最為家喻戶曉。袋子上有碗北海道札幌口味的拉麵：麵條泡在濃郁的味噌湯底內，上面是大蔥、韭菜、焓雞蛋、芽菜、粟米粒、叉燒片；蔬菜先炒過更好。大家現在還是這樣吃。

森下典子正生於即食麵風行的時代。她在散文集《記憶的味道》（いとしいたべもの）的〈我人生中的札幌一番味噌拉麵〉（わが人生のサッポロ一番みそラーメン）裡，記述自己當年第一次吃新上市味噌味「札幌一番」的滋味。森下典子愛上了這款即食麵，因她從前吃即食麵時，總感到味道停留在鼻腔裡，但吃「札幌一番」則不會。她的意思大概是，「札幌一番」

的湯粉比較柔和，不像從前的泡麵那麼濃烈。比「札幌一番」早十年面世的第一代即食麵「日清雞拉麵」（日清チキンラーメン）不附湯粉，調味料都在麵條上，味道因而強烈得揮之不去。

森下典子的吃法多變，有配著菠菜、紅蘿蔔和荷蘭豆和蔥的；炒過的芽菜、韭菜和洋蔥，撒上粟米粒的；加入大量蒜茸的；放上椰菜、生菜、生雞蛋、豬肉、元貝的。在吉永史漫畫《昨日的美食》（きのう何食べた？）的第三卷第十八話裡，矢吹賢二的配料是黃芽白、紅蘿蔔、芽菜、大蔥、鹽漬海帶、豬肉和微波爐半生熟雞蛋，和森下典子的差不多。

我用這包快過期的「札幌一番」，做成湊佳苗（湊かなえ）在小說集《山女日記》提到的「味噌炒麵」（みそやきそば）。提及「味噌炒麵」的故事叫〈火打山〉，講述男主人公神崎誤會女主人公美津子是登山新手，熱心地向美津子講解登山知識。當神崎提到自己擅長用「札幌一番」來炒「味噌炒麵」時，美津子以為她終於遇上值得期待的事了；但神崎不煮「味噌炒麵」，反而帶上「牛肉燴飯」，有點笨拙。把麵條煮開；燙熟香腸、加入湯粉，拌炒一下；加入芽菜，熄火炒勻，撒七味粉。我在神崎的做法上，再添些牛油和蝦夷蔥。

森下典子說，味噌味「札幌一番」的味道，是她人生的一部分。我們能用很多篇幅來補充有關「札幌一番」的日文原文，但永遠無法譯出，森下典子那充滿芽菜和粟米粒的「人生」。假如當年引入香港的不是「出前一丁」，而是「札幌一番」，我們會如何領略啟發自北海道的心情？也許人生仍然如夢，而且揮之不去。

F9

野餐

瘟疫之下，人人都去登山、郊遊，霎時有種重陽的氣氛。小學時，我家每個月都到郊外幾趟，從粉嶺經沙螺洞走到大埔。無論登上山峰，或是野外遠足，在香港一律叫「行山」。我小時候的雖算不上是登峰的「行山」，但也算是遠足的「行山」了。

劉克襄數年前在《四分之三的香港：行山．穿村．遇見風水林》裡說，他挺欣賞新界的山景，「好在有香港，好在有新界」。西西也曾在《我城》裡，寫過離島的遠足露營。很多人說，登山、遠足可以鍛煉身體。我去行山的年紀太小，不會覺得自己鍛煉了自己的甚麼；只期待在路上捉隻蝴蝶，拾個松果。鍾玲在〈香港的山〉裡的經驗，就比我深刻得多：

我是在二〇〇四年才開始親近香港的山，而且香港的山改變了我的體質，身體比以前好得多，都因為每年有半年，每周爬一次山。〔……〕香港的山並不很高峻，最高的大帽山還不到一千公尺。我們爬的山其最高點只有二百至五百公尺，但卻是常常從海平面爬起，所以也的確是去

「爬」山。最精彩的是，你走在山脊上，兩面是陡落的斜坡，坡腳是彎彎曲曲的海岸銜接深藍色的海洋，走在山脊上，感覺自己像一隻在海浪上飛翔的海鷗。

——鍾玲〈香港的山〉（節錄）

鍾玲登山經驗令人神往的，不只是身體的變化，還有與她一起登山的人。她與鄭培凱、張信剛、張隆溪和李金銓等學者同儕當山友，還跟隨劉克襄吃山上的野果。邊走進大自然，邊說著彼此可以理解的話。與可以對話的同伴登山，從來都比較愉快，也比較感情豐富。馬若卻因與快要離港的也斯在破邊洲遠足，則在美景之前，牽動心中難過：

友人，當我回首
你倚著木板
凝望遠方
水平綫
茫茫　有時垂首
彷佛跌入沉思
現在我留心
海面

點點鱗光閃動
背後緩緩遁去的島嶼
想及
友人將離去
多快意！
多快意！

——馬若〈破邊洲遊記——寫給也斯〉（節錄）

我家遠足時，每個孩子都要揹自己的行裝；因為我們很少停下一段很長的時間來進食，所以只備簡餐。每人的背囊裡是一隻熱狗、兩隻蜜梨、一壺水和一包牛仔花生之類。秋涼時，會帶一盒鹽水雞翼和雞蛋。坐車時要忍著不吃，否則路上會餓。

我一直以為，這樣的遠足飲食很普遍。直到我讀了些一九五〇年代的郊遊故事，才驚覺自己的遠足簡餐，真的是「簡」得不可再「簡」。某篇署名「余乃文」的短文〈野餐〉，就提到「野餐」的三個層次：

野餐有三種，一種是簡便的野餐，事先在家裡準備好簡便的食品，例如三文治、牛奶、燒好的咖啡或茶、罐頭食品等，把這些東西隨身帶

到目的地，一坐下來就可以食用，這是偷懶式的野餐，不算真正的野餐。另有一種野餐也是先準備好三文治和罐頭食品，僅是湯留到目的地才烹煮，這種的野餐也是沒有多大意思的。我所提倡的野餐是第三種野餐，也就是真正的野餐（……）到了目的地，我們用石頭堆砌兩個臨時的小灶，先用來燒開水和飯。待開水滾了，大家泡茶解渴，接著燒湯；燒好了飯，接著燒菜。

——余乃文〈野餐〉（節錄）

「真正的野餐」又煮飯又煮湯，實際已把廚房從家中搬到郊外去了；我覺得自己連「偷懶式的野餐」也說不上。綜合其他故事，「真正的野餐」除了須煮白飯，還會做咖喱、炒米粉、炒菜、煎魚等。一九七〇年代某篇教導遠足露營知識的短文，更有這樣的想法：

一頓美食是能夠使整段旅程平添無限歡樂的，如寒冬裡的一窩臘味飯，可口的粟米湯等，除了精神上的鼓舞外，食物更是我們動力的來源。

——國君〈遠足露營（二）〉（節錄）

如此看來，「生火」是一名合格登山遠足者的基本要求。中學遠足旅行時，會起燒烤爐的同學的確不多。我因常看著父親燒烤前如何堆炭，才勉勉強強辦到，但要依賴炭精。某些同學嫌碳包又重又土，就乾脆帶上輕盈的氣體爐和邊爐鍋，在燒烤爐旁的餐桌涮起魚蛋、公仔麵來，有型得來又有點怪誕。

登山、遠足的人，不懂生火還好；但露營的人，則必須生個營火。羈魂當夜的營火是這樣的：

把時空牢貼在蒼蒼的距離間
休再回溯耳後的松聲
營火早殘為一燼莫辨的嘻哈
任犬吠烏啼花飛月落
蓬帳內
多少夢望編織為整階的恬靜——
是誰底躑躅的足音
敲踏成好一脈的吟哦？

——羈魂〈守——長洲露營值夜追記〉（節錄）

煮過飯、煮過湯的火堆，沉靜下來，守候在搭帳人的黑夜。重九提早來到了，而學生卻在下學期提早分別。我們登山遠足，為了那願意守候我們的恬靜而來。想起中學某個早上，那隻悄悄棲息在我背囊上，陪著我走進校門的鳳蝶。

COFF
SERV

第七部

飲品部

G1

196

威士忌

我比較鍾愛白蘭地的香氣，家中存有的威士忌不多，但很喜歡關於「威士忌」的關鍵詞：蘇格蘭、愛爾蘭、波本、白州、余市……滿滿的地誌意象。黃燦然的〈無法命題〉和余光中的〈慰一位落選人〉裡有威士忌，所指的應是美國波本威士忌。黃燦然想像拉美作家略薩與第一任妻子胡利婭的對話，說略薩想要到美國旅遊；而余光中則暗示福特敗選美國總統的潦倒神色：

利馬的街道上略薩對胡利婭姨媽說他想
去美國玩玩尤其是和巴思談談實驗小說
尤其想在格林威治村喝幾杯威士忌但是
美國移民局列出二十九條理由不許他入境。

——黃燦然〈無法命題〉（節錄）

當感恩的火雞誤送給俄都
是萬里長城的雉堞上散步

和一個胖胖的老敵人握手
一杯威士忌對一杯茅台

——余光中〈慰一位落選人〉（節錄）

村上春樹在《如果我們的語言是威士忌》裡說：「如果我們的語言是威士忌，當然，就不必這麼辛苦了。」我們可不可以也說，「我們的威士忌是語言」？這樣，威士忌不只有自己的空間和時間，也有自己的聲音了。蘇格蘭威士忌有蘇格蘭的聲音（用蓋爾語來讀嗎？），波本威士忌有美國的聲音（是英語還是法語？）。

村上春樹在《如果我們的語言是威士忌》裡所說的，是蘇格蘭威士忌和愛爾蘭威士忌。黃碧雲在〈失城〉裡，讓愛爾蘭人伊雲思看到陳路遠的行兇現場時所想起的，自然就是愛爾蘭威士忌：

我在滿室血河的房間站了一站，當了警察三十多年，第一次感到了血的腥羶與昏濁。我很渴望可以喝一點威士忌酒。窗外有藍光，微微閃動。我大叫：「把警號關掉，蠢材！」軍裝遙遙的應道：「Yes Sir。」但仔細一看，原來是藍藍的月光靜靜隱著殺機。我非常的蒼老及疲倦，便微微的打了一個顫。我大吃一驚：我知道我老了。我原來老早已經忘記恐懼的滋味，此刻我非常的惶惑與恐懼，而且孤獨。

寒冷的時候，幾口威士忌就令人渾身暖和，精神也一下子鬆弛下來。

——黃碧雲〈失城〉（節錄）

紀弦寫出得意之作〈四度空間之花〉後，便喝些威士忌；東野圭吾也如此描繪解開數學難題後的石郎哲哉。身處遍地血跡的房子，伊雲思當然想要用威士忌，來安撫自己的不寒之慄。

用威士忌買醉，往往立即見效。辛其氏在「紅格子酒舖」的最後一夜，讓失戀的立梅瘋狂亂喝，「血紅瑪莉、鏍絲批、威士忌通通灌進肚去」，喝過威士忌便開始耍酒瘋要見負心人招文錦。崑南、劉以鬯寫的意亂情迷，均由威士忌開始：

「甚麼價錢？」我用手撫摸她肥大的臀部
「十塊錢一夜。」她輕吟著下流的情歌
「半個夜晚？」窄薄的黑綢緊貼著迷人的小肚
「在床上告訴你，唔？」裂開嘴唇，餓饉的笑渦

一個沙律的夜
威士忌的夜
哥羅芳的夜

我走進夜

——崑南〈布爾喬亞之歌〉（節錄）

——喝點酒？

她斟了一杯威士忌，將酒杯送到我唇邊。

她斟了一杯威士忌，將酒杯送到我唇邊。

她斟了一杯威士忌，將酒杯送到我唇邊。

（黑蝴蝶在空間兜圈子。氫氣彈。AKQJ10。白鴿在屋頂上踱著紳士的步伐。加力騷與西印度的日落。賈寶玉初試雲雨。Once Upon A Time。華氏六十五度。白蝴蝶在空間兜圈子。人生是荒謬的。腳之接吻。艾森豪與人造衛星。宇宙對人類的感情並不同情。10÷3=3333333……。黑蝴蝶飛在前面。白蝴蝶飛在後面。）

她凝視我；我凝視她。

我們彼此凝視著，彷彿很近，近得沒有空間；又彷彿很遠，如同億萬里和億萬年那麼遠。

——劉以鬯〈黑白蝴蝶〉（節錄）

不須買醉的話，可以來一杯用威士忌調製的雞尾酒。最受歡迎的威士忌雞尾酒，應該是Manhattan？如略薩真的像黃燦然所言，到了紐約曼哈頓格林威治村的話，也許會來幾口用波本威士忌調出來的Manhattan。《伴侶》曾在第二十七期（一九六四年）刊登了數道雞尾酒食譜，其中的Manhattan材料包括威士忌、缽酒、冰、檸檬皮和香料；「香料」應就是苦精（aromatic bitters）。聽說威士忌和苦精是絕妙的組合：如*The Ideal Bartender*（一九一七年）裡有種叫Old Fashion Cocktail的雞尾酒，早已用上波本威士忌、砂糖水、冰和安哥斯圖娜苦酒（angostura bitters，即是「苦精」）了。

苦精原是藥草酒，現在除調酒外用途不大，不算是家常調味料。在家調製威士忌雞尾酒的話，可以試試Continental Sour。*The Ideal Bartender*的版本是砂糖水、檸檬汁、冰和威士忌。有時加入紅酒、蛋白。有時給喚作New York Sour。添了苦精的威士忌，反而令苦味隱去，剩下甜香，再也不用承擔愛與慾的轟烈了。

威士忌梳打

不能出門的日子，把平常下班去與朋友喝東西的時光，都變成在家小酌。家裡放著甚麼酒呢？我不大能喝有汽的，醉得很快，又容易頭痛，常常讓雪櫃的啤酒過期。烈酒耐放，常溫擱在陰涼處就好，又可以調成不同口味的雞尾酒，比較合我意。

日本燒酎我存最多；其次是白蘭地（brandy）、氈酒（gin）和威士忌（whisky）。想喝有汽酒的時候，會往烈酒添些碳酸飲料，如梳打水或湯力水（tonic water），甚至可樂。烈酒與碳酸飲料組成的雞尾酒，大致都可喚成「高球酒」（highball）。當中最受歡迎的組合，我想是英國的氈湯力（gin and tonic）吧；但說起高球酒，我們首先想到的，卻會是威士忌梳打（whisky soda）。

威士忌味道比較複雜，我喜歡威士忌梳打多於啤酒。近年常去的中價日式食店，都在賣用日本三得利（サントリー）「角瓶」來調的威士忌梳打。用三得利啤酒杯上桌，放滿冰塊和梳打水，帶檸檬汁。「角瓶」雖是歷史悠久的日製調和威士忌（blended whisky），但價格比「響」、「竹鶴」親民得多。

第一次遇到三得利的「角瓶」梳打行銷，是在日劇版安倍夜郎《深夜食堂》的某個炸雞（唐揚げ）故事裡。故事題材明明是炸雞，但人物都在喝高球酒（ハイボール），很容易猜得出是廣告。再翻翻原著漫畫，果然沒有威士忌梳打這回事。以威士忌梳打代替啤酒來配炸雞，好像缺少了本應來自啤酒的甜味；也許為炸雞調味時，要多放味醂。

日式居酒屋也在賣用燒酎來調的高球酒；但燒酎我會兑熱水，梳打水還是留給威士忌。我沒有甚麼名貴「日威」，只在去年喝光Macallan 12後，添了一瓶沒有年份的「余市」。「余市」不是調和酒，而是單一麥芽威士忌（single malt whisky），風格剛烈些，富煙燻味。

調製高球酒，最好用高球杯（highball glass），其次是沉甸甸的厚啤酒杯。「角瓶」建議的威士忌兑碳酸飲料比例，是二比八。我幾年前買到一隻竹節狀的高球杯，可讓人按著竹節的位置，倒入威士忌和碳酸飲料，非常方便。比例是三比七。

甜的高球酒，其實不錯。先在三份「余市」裡拌入兩茶匙蜂蜜，稍減剛烈；再倒入冰塊半滿的酒杯內。輕拌後慢慢注入七份梳打水，形成漸層；上面擲一角黃檸檬。喝前上下輕拌就好。在家晚酌，可以多喝些，醉了也沒誰介意。

記得上學期連夜批改試卷之時，V曾說，下學期要帶H和我，去他喜歡的威士忌酒吧喝「開學酒」。下學期現已於線上開課了；師生像在過逾越節，一邊極力保持安靜和冷靜，一邊等候殺氣遠離。把杯裡的威士忌梳打，打在門楣和門框上。至於那威士忌之約，再也不由得我們介意不介意。

G3

206

伏特加

天氣寒冷，正是喝烈酒的時候。先找出一堆都只剩下少許的烈酒，有些甚至已給我忘記放了多久。喜歡喝酒的人與喜歡讀書的人一樣，昨天家裡放了很多未喝的、未讀的，今天還是會帶新的回家。我很害怕看「斷捨離」、「清理師」的節目，看後會做陌生人來我家，丟掉所有絕版詩集的惡夢。最捨不得放棄的，往往就是快要留不住的東西。

茶是中學就在喝，酒則於大學時才開始留意。酒是與茶相反的意象；會醉、會胖，會壞健康。不知道甚麼時候，有些親友見我對酒好奇，就亂叫我「酒鬼」。年輕人臉皮畢竟較薄，當時聽罷只敢買梅酒，不會帶烈酒回家。

我們的第一批烈酒，是結婚那天喝不完的半打 Rémy Martin VSOP。最初不大能喝，用來煮餸，阿媽說我浪費。現在淨飲的話，還是喜歡像 VSOP 這種白蘭地（brandy）；但白蘭地的個性太鮮明，調酒派不上用場，用途完全比不上一樽便宜的伏特加（vodka）。

如果世上真的有種叫「忘情水」的東西，我覺得它會是杯伏特加。一般伏特加沒有很好辨認的色澤和酒香，有人說它是最像水的酒。伏特加本來產自東歐；說它像水的說法，似乎是來自俄羅斯。我不知道俄羅斯人有沒有覺得伏特加的味道像水；活在寒冷的國度，他們的確很適合把烈酒當成水來喝。

在那堆只剩下少許的烈酒中，有樽放了很久還未喝光的伏特加。我買的是便宜的Smirnoff，沒甚麼捨不得；只是本來就不大喜歡淨喝伏特加，也沒想要做甚麼伏特加調酒，唯有擱在一旁。

伏特加實際上不像清水般淡然無味，反而是滿滿的40%酒精味。精緻款式是有的；但調酒只需要Smirnoff這類百多元一大樽的伏特加，用來加強酒味，又不會搶過其他基酒和配料的風味。最容易調的叫「螺絲批」（Screwdriver），只有鮮橙汁和伏特加；但味道較苦，我不喜歡。「長島冰茶」（Long Island Iced Tea）除了伏特加外，還需要另外四種基酒，有點麻煩。

想來想去，還是中間落墨，來杯「白俄羅斯」（White Russian）。用上咖啡酒、伏特加、鮮忌廉就行。咖啡酒、伏特加以一比二的份量拌勻，倒進放了大半杯冰塊的古典杯內，再加入打發過的鮮忌廉。遠遠看著，像杯迷你冰咖啡。這樣喝烈酒，不會暖身，暖爐還是會開。決定把數個書架上的書全部丟掉的人，其實想要重新放些甚麼呢？如果是烈酒的話，他們的暖爐也可以一併丟掉了。

為喝光伏特加而打開的鮮忌廉，可以配著前天開的白酒來煮雞肉；可是雞肉吃完了，明天要去買，也看看Beefeater那樽叫Pink Gin的士多啤梨氈酒。回程順道去取從博客來訂到的再版理論書、阿里山烏龍和流行小說。在暖爐旁喝烈酒、看小說。我不明白這樣的生活裡，有甚麼非要捨棄不可的東西。

白俄羅斯

（一杯份）

材料

伏特加：70毫升
咖啡酒：30毫升
已打發有糖鮮忌廉：3湯匙
冰塊：適量

做法

① 在容量二百毫升的酒杯內，放入冰塊至大半滿。
② 倒入伏特加、咖啡酒，輕輕拌勻。
③ 以鮮忌廉鋪滿杯頂即成。

●涼茶

買餸沿途有幾家涼茶舖。往內頭瞧瞧，氣氛總是很相似：燈光昏黃，靜幽幽；店內沒有食客，涼茶枱前也鮮見站著喝涼茶的人。不少涼茶舖現在都改成糖水舖了，熱熱鬧鬧在賣芒果甜點；把涼茶包裝成清涼飲料，甚至提供蒸飯、薑醋。舊式涼茶舖，的確愈來愈冷清。舒巷城於一九九四年寫下的〈涼茶舖〉，就聊到這些新舊涼茶舖的分別，惋惜新潮涼茶舖不再是個可以再坐一會的地方：

那時，舊式的涼茶舖
設備簡陋
卻成了他們休息或消閒的好去處
一份報紙可以看個好半天
播音機外是有線的「麗的呼聲」
那個方型的小箱子
播出過多少人生的風雨和故事

〔……〕

在新型的建築物林立之間

新式的涼茶舖

茶客匆匆而來，又匆匆而去

在這裡

張伯與勝叔是陌生的

他們坐了一陣子

就隨著街上的人潮趕路去了

——舒巷城〈涼茶舖〉（節錄）

胡燕青在一九九九年的〈美孚印象〉裡寫的「涼茶舖子」，也成為一種屬於「過去」的空間：

在九十年代的末期

挖一個洞，讓涼涼的苦味

暗暗的燈，和民初風景的鱗片

在裡面躲藏

——胡燕青〈美孚印象〉（節錄）

那些覆上玻璃片的涼茶瓦碗，早在不息的人潮和思潮中隱去。看著涼茶舖牆上寫著的各種涼茶和點心：菊花茶、銀菊露、夏枯草、夏桑菊、五花茶、廿四味、感冒茶、野葛菜、雞骨草、火麻仁、竹蔗水、羅漢果、龜苓膏、茶葉蛋……我常常覺得是《三字經》。也許涼茶舖本來就屬於「過去」。喝下一碗碗、一杯杯的《三字經》——人之初，性本善；性相近，習相遠——心裡有了些古老智慧。

小時候每逢經過某涼茶舖，阿媽就會牽哥哥和我到枱面，掀開兩杯菊花茶的蓋子，著我們喝。她付好涼茶錢後，又掀開一杯墨色涼茶來自己喝掉。小孩常喝菊花茶，一來菊花茶可以「清熱氣」（為何小孩總是熱氣？），二來菊花茶比其他涼茶較為溫和。

鍾國強在小說〈福盛伯〉裡寫的福盛伯，也賣菊花茶。福盛伯開的其實是雜貨店，他卻從某天開始，向小孩賣起自己煮好、用汽水樽裝起來的凍菊花茶來，還會附送店前龍眼樹的龍眼。福盛伯廚藝不精，使得這新商品很快就下架：

然而不久，福盛伯便發現菊花茶愈來愈多，不僅冰箱裡塞滿菊花茶，連盛汽水的木盤也擺滿了，剛剛封裝好的，便不知放在何處好了。孩子們忽然變得不大愛喝菊花茶了，要喝，也多會到對面的店子去。他們在背後說，福盛伯冰糖放得太多，菊花茶甜得過了頭。

「哪兒過甜呢？你嚐一下！」有次他忽然捉住我的手，硬塞給我一瓶菊花茶。

我喝了幾口，看著他一臉凝重的望著我，只好訥訥地說：「不甜，不甜。」

——鍾國強〈福盛伯〉（節錄）

可惜小說中的敘述者不是我，我是會直接吃冰糖的人，絕對可以喝光福盛伯的過甜菊花茶；不過，就算我全都喝光，福盛伯也不會因而發大財。一九六二年的《中國學生周報》中，有篇署名「張宏」的散文〈小老闆〉。這位「張宏」自稱是涼茶店東，本來只賣廿四味，因不忍見小孩給父母迫喝廿四味而兼賣用木棉花、雞蛋花、菊花、葛花、槐花來煎出來的五花茶。他談到「涼茶店」是「不合青年人的口味，發不了大財」的生意：「我賣涼茶，雖然志在賺錢，但亦存心濟世。」不知道涼茶是想要醫治誰呢。

「阿媽，個杯好辣手啊，我想飲凍菊花茶。」「吹吹吓涼茶就會變凍，慢慢飲，飲完清熱氣啊，凍涼茶唔好，生冷。」因為熱氣，所以要喝涼茶；但不可以喝冰過的涼茶，因為生冷。天氣熱的時候，要清熱氣；冷冷寒冬呢，也要喝熱涼茶來清熱氣——小時候完全想不通。有些人不只是「生冷」，甚至連涼茶的「涼」也未能消受。梁秉鈞在〈戒口〉裡說的戒涼茶，大概是因為涼茶寒涼的緣故：

「不能吃西瓜
不能吃涼茶
不能吃龜苓膏
不能吃夏菇〔枯〕草」
「我想吃——」
「不能吃蝦，不能吃蟹
不能吃鴨鵝，因為它濕毒
不能吃雞，因為禽流感！」
「我想吃——」

——梁秉鈞〈戒口〉（節錄）

長大才知道，「寒涼」、「生冷」、「清熱」，跟天氣毫無關係，完完全全是廣東人的人生問題。再溫和的涼茶，也不免寒涼，但我們還是需要涼茶的。有的人需要廿四味，有的人喝菊花茶就好，畢竟涼茶不是中藥苦茶，不必追求「苦口」配「良藥」。

如今我偶爾會在家煎菊花茶，自己解決自己的人生問題；廿四味則從未喝過，也沒有要喝的想法。隨手抓一堆杭白菊洗淨煲水，直至顏色對了，就隔去菊花，放涼，入雪櫃前下點蜜糖。喝過自己那一杯涼茶，人生就會好起來。

人之初，性本善；菊花茶，廿四味。我向我的涼茶許願：這一生最好過甜，涼也不錯，總之不需要別人的苦。

G5

218

咖啡店

第七部——飲品部

學生HC在畢業前找到工作，很為她高興。她説那家商行很有規模，招聘程序非常複雜，不但有數次筆試、面試，最後還得與行政總裁在Pacific Coffee喝咖啡。行政總裁和她輕鬆地聊幾個之前面試時已聊過的話題後，工作就定下來了。大抵只是程序上必須見見面吧？事情本身明朗，話就不用多。不用像田漢〈咖啡店之一夜〉的白秋英和林澤奇那樣，當失意的人結識了另一個失意的人，只能花時間在咖啡、烈酒、ham and eggs、「闊人的手」和「窮人的手」之間長篇大論。

同樣是新相識，游靜在〈台北咖啡室的上午〉的卻談無可談。赴約的人遲到，她只有納悶等待：

等一名電影買手
已誤點半小時
一群男女堆著笑朝你
操過來　突然轉左

原來你隔鄰是廁所

到底是台北
咖啡廳無法無天
讓人免費上廁所
自己斟冷熱水
當你眼角知道有人走過來
如果不抬頭
你不會知道
直至他突然轉
九十度　上廁所
來賓17號請到櫃枱取餐食
誤點四十八分鐘

——游靜〈台北咖啡室的上午〉（節錄）

大抵是獨坐咖啡店會令人異常專注的原因，游靜的情緒開始與店裡的陌生人互動起來了。洛謀也寫過獨坐咖啡店的經歷。他看見坐在對面的陌生人後，就聯想到在另一家咖啡店碰上前女友的情景：

唔該我想換隔籬張枱
手中的淡菸差不多抽完
對面的女孩聽了好幾次電話
我把剩下的咖啡一飲而盡
其實她和前女友一點也不相像
至少前女友不知道現在的我間中抽淡菸
我始終不知道她的名字
她也許不曾留意我坐在這裡
看她打電話

我把淡菸擠熄
聽咖啡室中的談話
不過這一切都像隱喻
無關愛情

——洛謀〈無關愛情〉(節錄)

有時要見的人爽約,有時遇上似曾相識的人。有時要見的人依時赴約,心裡其實不想他來。洛謀的是聯想,西西的是浮想。她筆下那位殯儀化妝師等到男朋友來咖啡店，卻自覺等到的是「分離」：

> 夏帶進咖啡室來的一束巨大的花朵，是非常非常地美麗，他是快樂的，而我心憂傷。他是不知道的，在我們這個行業之中，花朵，就是訣別的意思。
>
> ——西西〈像我這樣的一個女子〉（節錄）

其實她大可在咖啡店裡道明真相。大家都在咖啡店辦私人事，正是因為他們需要咖啡店這公共空間所能提供的理性味道。

歷史給予咖啡店宏大的 modernity；香港沒有 Les Deux Magots、Café de Flore、明星咖啡館，但曾經有過「巴西咖啡」。聽說海運大廈已結業的「巴西咖啡」（另一家開在大會堂），是個香港知識分子聚腳地；其他聚腳處則是「聰明人」、The Coffee House。也斯認為，「巴西咖啡」是一九六〇年代很重要的「文化符號」：

> 從五〇年代的「聰明人」，到六〇年代的「巴西咖啡店」，都成為不同年代的文化符號。
>
> ——梁秉鈞〈都市文化與香港文學：歷史、範圍、論題〉（節錄）

辛其氏以社會運動為題材的《紅格子酒舖》，除了寫立梅因招文錦喝盡血紅瑪莉、鏍絲批、威士忌外，也讓但英在「巴西咖啡」目擊招文錦所謂冷靜期的真相：

立梅靠著回憶過日子，但英眼見立梅一天天瘦下來，本想勸她死心，就是說不出口，事實上，兩個星期前她還在海運大廈的「巴西咖啡」座上見過招文錦，他身旁還有一個像立梅一樣長頭髮的女子。

——辛其氏《紅格子酒舖》（節錄）

還有很多喜歡「巴西咖啡」的人。莫昭如是「巴西咖啡」的常客，他的〈給香港文藝青年的一封信〉，似乎把「巴西咖啡」拍進去了。適然在〈咖啡的滋味〉，也記下舊友覃權在香港酒店的 Coffee Shop、山頂咖啡店和「巴西咖啡」喝咖啡聊藝術的往事。淮遠也曾親證，某天吳仲賢特地去「巴西」找他，為的就是要請他去編《70年代》（不同於李怡的《七十年代》）：

二十四年前的一個夏日，我如常坐在海運大廈巴西咖啡店裡，那時二十四歲的吳仲賢走進來對我說：「你是淮遠？我們想找你編點東西。」也許是眼見這陌生人比我高大的緣故吧。我居然一口答應了。

——淮遠〈那時——記吳仲賢〉（節錄）

李國威的情況則與淮遠相反；他和其他文藝青年先後抵達「巴西咖啡」，然後一起等候王禎和：

星期六晚六點三十分左右，懷著雙重目的，來到巴西咖啡店，座上早已坐滿一群年輕人，有幾張臉孔是熟悉的，有幾張卻是陌生的，不曉得誰是王禎和，自然瞎猜了一頓，最後，才知道他還沒有來，他們倒也好好的欣賞了咖啡的味道！

當然，我們不是等待甚麼大明星出場，知道相會原來是很簡單的一回事。大家談談話，喝喝咖啡，不會有甚麼轟天動地的場面出現，可是，大家明白，要談的話大底〔抵〕都是大家心裡喜歡的事情，而這個素未謀面的人，想必很容易便會和我們打成一片的，在我們這種輕鬆的期待心情下，王禎和終於來了。

——李國威〈三會王禎和〉（節錄）

咖啡飄香之處，就是思考、辯證之處。「巴西咖啡」早已不在。會有新的「巴西咖啡」嗎？它仍在尚未可期的未來。不知道往何處找淮遠，也沒有王禎和可以等候——我們還可在咖啡店面試、寫詩、談生意、談分手、做白日夢、找編輯、朝聖、吃 ham and eggs……各自各的微小日常。

同學來聊天的時候，我常常會招待熱茶。也許我可試試運用咖啡店氣氛，讓大家也像李國威一樣心情輕鬆。那麼，咖啡店至少應該有甚麼？沒有音樂也可以，沒有蛋糕也可以；但必須有人、咖啡，還有尚未老去的思想。

COFFEE
SERVER
01

手沖滴漏咖啡

「手沖滴漏咖啡」，我很不喜歡這個標題，非常繁複囉嗦；但想不出更簡單的說法，不得不接受——其實還可以再準確一點的，例如是「手沖濾杯式滴漏咖啡」、「非電動濾杯式熱泡滴漏咖啡」、「全人手濾杯式熱泡滴漏黑咖啡」等。我很努力地阻止了自己。

「泡咖啡」比「沖奶茶」更難以訴諸文字：磨咖啡豆、泡咖啡豆，只有兩個步驟，但若不具體說明所用材料和器具，則難以想像實際味道。最常見的手沖咖啡煮法，是「滴漏法」。滴漏法的沖泡器具，可分成電動咖啡機與手沖工具兩類；而手沖工具又分別有濾杯、法蘭絨布、越南杯等；濾紙的質地、濾杯的形狀、磨豆機的設計、咖啡豆的配搭，更是應有盡有。風格變化多端，卻又讓人樂在其中。

我只喝黑咖啡。第一杯黑咖啡在初中喝到，那是一杯用電動意式濃縮咖啡機泡出來的美式咖啡（Americano）。購買手沖滴漏咖啡工具，則是大學本科時代才開始的事情了。所謂滴漏法，就是在磨好的咖啡豆上澆水，讓水份滲透咖啡豆後過濾出咖啡的煮法。這種煮法不會保留咖啡油脂（crema），而且一般不放糖、奶，成品色澤清澈、口味清爽。要找在香港供應手沖滴漏咖啡的咖啡店，現在仍不容易，都是電動意式的多。

各種工具都不算昂貴，我愈買愈多，近兩年就搬了一些回辦公室。因愛喝黑咖啡的學生太少，所以我尚未請學生喝過我做的滴漏咖啡，只偶爾與同仁給學生合辦手沖滴漏咖啡工作坊。手沖滴漏咖啡煮法細節甚多，我喜歡用村上春樹寫在長篇小說《尋羊冒險記》（羊をめぐる冒険）的煮咖啡情節來說明。這是賴明珠所譯的版本：

確定開水已經沸騰之後，把瓦斯關掉，停了三十秒鐘讓開水稍微靜止，然後把開水注入咖啡粉上。粉末盡可能吸進熱開水，然後緩緩地開始膨脹，溫暖的香氣在房間裡擴散起來。外面已經有幾隻蟬開始在叫了。

滴漏法過程細緻漫長，實在很難請學生喝；煮的人與喝的人之間，必須有說不完的話題，或者都擁有含蓄沉靜的個性。先得預備足夠的熱水，然後燙熱壺杯，再磨碎咖啡豆至中細程度粉末；接著要打濕濾紙，用少量熱水燜蒸濾紙上的咖啡粉末至膨脹；最後要用長嘴壺或鶴嘴壺來緩慢、有序地在咖啡粉末上繞圈注水。我的味道是每杯十克咖啡豆，烘焙程度不要太深，配一百四十毫升熱水；攝氏九十二至九十六度。

暑期放了一個很長的年假。本是用來去台灣探望朋友的，去不成；於是把行事曆上的「台灣」，改成數所想要去的本地餐廳，最後竟也去不成。我在其中一天，帶著少許咖啡豆回到辦公室，靜靜煮了一杯咖啡。窗外也許是蟬鳴——我不在意，心裡默默想著學生的笑聲。

G7

早餐茶

我喜歡送茶葉給朋友，但只送過一次「早餐茶」（breakfast tea）。那位收到「早餐茶」的朋友覺得，這款茶沒有甚麼驚喜，暗示我選禮物不夠用心；於是我以後就避免送「早餐茶」，都買「伯爵茶」（Earl Grey）或香味茶之類的。

「早餐茶」泛指早上飲用的茶，與「伯爵茶」一樣是拼配茶（blended tea），每家配方和名稱各有不同；通常由阿薩姆（Assam）、錫蘭（Ceylon）兩種紅茶拼配而成，再添點肯尼亞（Kenya）。阿薩姆濃郁，但香氣不足；錫蘭香而淡，合起來剛好。肯尼亞則用以增色。這三種茶，可說是廣義的「早餐茶」。「伯爵茶」不錯，但我更喜歡「早餐茶」，喜歡得每個上班的早晨都喝。最初喝價格親民的 Twinings、Ahmad 和 Marks & Spencer；然後是稍貴一點的 Dammann Frères、Harrods；畢業後有了工作，就可以嚐到 Whittard、Wedgewood、Fortnum & Mason 和 Mariage Frères 的滋味了。

下午喝的茶，通常是在聊得起勁的熱鬧茶會裡喝，就像是《愛麗絲夢遊仙境》（*Alice's Adventures in Wonderland*）的、《傲慢與偏見》（*Pride and Prejudice*）的、《唐頓莊園》（*Downton Abbey*）的。心事滿滿，等到下午才說，當然要用很長的時間來說，用很多茶和茶點來說。早上的茶，則可在起床後、早餐前，配一、兩塊餅乾靜靜地喝。「早餐茶」總是一貫濃郁、銳利、鮮明，永不叫剛睡醒的人失望。

日本有很多以英式管家為題材的漫畫：豪宅裡住著小姐、少爺，每天喝由管家（執事）泡得出神入化的熱茶。戀愛故事當然最多，奇幻、推理故事也不少。自二〇〇六年開始連載的《黑執事》，可說是最受歡迎的日本管家漫畫。作者樞梁（枢やな）似乎是愛茶之人，會安排少爺喝現實裡存在的品牌、款式。少爺起床後的第一杯茶，有時是拼配茶，如Fortnum & Mason用阿薩姆、錫蘭調成的皇家紅茶（Royal Blend）；也有單品茶，如皇家錫蘭茶（Royal Ceylon）或從印度阿薩姆直接訂購回英國的阿薩姆茶。

香港不難買到英國、法國紅茶，但似乎賣得不快；愈貴的茶，就愈容易買到香氣盡失的批次。近年有了TeaWG，我會去買點阿薩姆，然後拼些不同牌子的錫蘭和大吉嶺（Darjeeling），比例約為七比二比一。每杯茶是一大茶匙。用茶壺泡數人份量的話，要在人數外多添一大茶匙。如買了滇紅、普洱，也試試用來調味。雪櫃放著Bourbon餅和shortbread。回想起來，我送「早餐茶」給朋友時，似乎做錯了一件事，就是忘了也買些英式餅乾。

暑假的時候，喜歡看漫畫的O同學，送了一盒Fortnum & Mason雜錦茶和她自己烤的餅乾給我。雖然她不是因為《黑執事》而選Fortnum & Mason；但當我看到Royal Blend時，心裡還是驚嘆了一聲。每個人的生活都是一堆符號——好像早餐茶的配方那樣，有些我們知道，有些不知道。

G8

陳皮

中秋吃豆沙月餅的時候，會泡些陳皮滇紅。「陳皮豆沙月」聽起來很矜貴，但我從來不敢買，怕月餅裡的陳皮味道不佳，不如自己用陳皮來配。

外面買到的陳皮，如果是十年的，已經不錯。我去買陳皮的那家店很普通，有時可以買到十五年的。想要二十年以上的陳皮，自己來存就行。秤好陳皮後，請店家包成兩份，一份回家就會開始吃；另一份會給店家密封，標好購買日期、陳化時間，然後用金屬茶葉罐存起來，靜靜地放著，盡量讓自己把這罐子忘掉。彷彿某天，不經意找到這罐子的時候，就能找到寶物。

我在成家後才開始在外面買陳皮，從前都吃親戚從鄉下新會帶回來的。母親會用一個又圓又闊又高的舊款好立克玻璃樽盛起來，放在陰暗的廚櫃裡。偶爾在天晴、乾爽的時候，就攤在窗前曬半天。皮上的油室，一年比一年清晰。

好友H也是新會人。第一次知道彼此是同鄉時，我們都問了對方同一個問題：「你家是不是放著永遠都吃不完的果皮？」陳皮不必是新會人的藥材，平日大多當成香料來用。吃得太慢、吃不完，就愈藏愈多，愈放愈久。大紅柑曬的叫「陳皮」，青柑曬的叫「果皮」、「青皮」。新會人不會拿青柑皮去曬，要曬就肯定是大紅柑皮，所以家裡沒有果皮；但我們家裡的陳皮，又不會端端正正地叫「陳皮」，反而一直叫陳皮做「果皮」。

H說，因為家放著永遠都不會吃完的陳皮，所以他很討厭吃陳皮；放了陳皮的紅豆沙，他吃得十萬個不情不願。我說，因為家放著永遠都不會吃完的陳皮，所以我不討厭吃陳皮；煲紅豆沙、蒸泥鯭，就該放陳皮。

近年獲贈好幾回青柑普洱手工茶。這種茶把小青柑加工成立體的原個果皮，裡面填滿普洱茶葉，外形可愛，聽說是很受歡迎的禮品。有人問過我如何分辨優質的青柑果皮。我也不知道呢，其實我不大清楚青柑果皮的味道。

不把陳皮當藥材用的話，就不用理會它是十年、十五年，或是二十年的陳皮了。泡茶而言，是陳皮香與紅茶香最配。我喜歡配纖細漂亮的滇紅金針；沒在喝滇紅、普洱的話，配錫蘭茶、阿薩姆茶亦無妨，比伯爵茶更香。陳皮都開成三瓣來曬。用的時候，就一瓣一瓣地數。一瓣陳皮用熱水沖、洗泡軟、切絲，配五克滇紅金針。水溫和香片差不多，數十秒一泡。

阿妹去浸一瓣果皮來蒸魚啦。我若在黃昏獨進廚房，拉開廚櫃的門時，偶爾會覺得，有人正在客廳裡向我喊著這句話。看過一則一九七〇年代的本地新聞，說某青年從家裡偷了母親價值一萬元的陳皮去變賣，最後給母親大義滅親了。H也許會有去找陳皮報仇雪恨的一天。在蓋碗閃閃發光的紅茶裡，有低沉的歲月，正與陳皮暗渡。

G9

●香片

某個黃昏，我的臉書信箱突然在數分鐘內，給學生塞滿了各種「想見你」、「好寂寞」等鬼哭神號；原來我校剛宣布停止大部分面授課堂，要變成線上實時教學了。

我登時想到當日離開學校前，隨手亂放在辦公室書桌上的那半罐龍珠香片。香片的香氣消散得很快，我每開一包，就會取一半回辦公室，這樣才能及時喝光。本想著三月復課，就一直沒把放在辦公室的龍珠帶回家。看來還是不能留下來了。

每天喝龍珠的習慣，大約從高考開始。當時生活遇上挫折，覺得很難專心溫習，就不斷泡家裡常備的龍珠，以清香安定心神。張愛玲〈茉莉香片〉裡的香片，沏得「也許是太苦了一點」，大概是因為水溫太高——所以叮囑我們「當心燙」，要「尖著嘴輕輕吹著它」。其實香片不能承受高溫，八十五度左右就好。若茶葉夠好，就不會苦和燙。

外面喝到的香片，常摻著乾茉莉花或刺鼻氣味，我不喜歡。香片以茉莉花窨製，製成後不須留下茉莉；摻了茉莉的，香氣反而腥俗。龍珠香片是眾多香片之中最漂亮的，搓成小球，能兼香、滑，泡茶時散開的形態亦優美。沒有龍珠的話，雀舌香片也不錯，總之要挑纖細的。

我最後一次打開辦公室的那半罐龍珠，是為了泡茶給T喝。T有時話很多；有時我説上十句，他卻完全不抬頭回話。後來我發現，他是個很會挑禮物的人，譬如會把最好吃的鳳梨酥買回來。

某個暑假，T從北京帶了一盒香片回來。每年到北京上普通話課的學生，回來後通常會請我吃些糕餅、蜜餞；只有他會送我一盒，彷彿來自老舍《茶館》的吳裕泰「茉莉小葉」。我挺驚訝，問他怎麼知道北京的香片。他不答，傻笑著。

從前念大學，我們不會知道老師的私人電話號碼，更不敢打電話與老師閒聊。現在學生常用通訊軟件找我，聯絡很方便，寄照片和文稿亦可。有時訊息會在凌晨三時進來；若我湊巧也在工作，會與他們搭話解悶。面對學生從虛擬世界傳來的哭號，我有點不知所措；因我從沒想過，他們如此喜歡親眼看見自己的老師和小伙伴。

泡龍珠的水溫也不用很高；沒有溫度計的話，洗茶後先倒四分之一的常溫水進蓋碗，再添沸水至滿。泡龍珠不用計時，看見龍珠散開，回復葉芽的姿態，悠悠向蓋碗四周伸展就好。

我不肯定T是否喜歡喝香片；但我慶幸能在宣布停課以前，給自己的學生，泡過我最喜歡喝的茶。由於不燙，香片反怕放涼。從蓋碗倒進小茶杯，一直催促他喝。之後註定是一段，每天泡著香片，暫時無法相見的日子。

G10

蜂蜜烏龍

不能出門的日子的最大樂趣，來自星期五黃昏在家上過網課後，等待P回家時帶著的一杯台式茶飲。蜂蜜烏龍、茉香綠茶、泡沫紅茶，甚至珍珠奶茶，都不難在家做；但總是想要些外面的東西。

最初P不大願意去買，說不諳台式茶飲名稱，擔心買錯款式。他其實不是不懂下單；而是今天的台式茶飲，早跟我們從前拍拖時喝的「仙」字頭台飲口味不同，令他有點迷惘。後來請他只買口味傳統的冰鎮紅茶或茉香綠茶，迷惘就沒有了。

中學時走在旺角，各處都是「仙」字頭台飲店。它們的食物價錢不便宜，比茶餐廳貴得多。初中時最喜歡那杯神秘的「隨便」；高中開始，覺得紅茶、綠茶、烏龍方有「喝茶」的感覺；其他都像果汁和奶昔。聽說英國、加拿大、日本等地，近年都在大賣台飲：bubble tea、タピオカミルクティー，多少是台灣可以喝到的味道呢。

在那「仙」字頭的時代，我們最愛喝的台飲，是「蜂蜜烏龍」。第一次在餐牌上看見它，我以為是「蜜香烏龍」；原來是在烏龍茶裡摻蜂蜜。蜂蜜烏龍會用比較纖薄、圓滑的玻璃杯上桌，杯外那琥珀色的朦朧真好看，像杯初中生也能喝的甜啤酒。伴著吃排骨飯、花生吐司，各有各的濃郁。

我很少點珍珠奶茶，覺得喝完就飽，沒辦法多點一份甜不辣。每次聊天聊到台飲，同學都很雀躍，會介紹我去喝黑糖珍珠、水果茶、芝士奶蓋和綠豆沙牛奶等，都是像果汁或奶昔的東西。某天，小情侶同學送了我手工餃子和包點；P建議我回送珍珠奶茶，可以幫我去買兩杯。我說好啊，年輕人都喜歡好像果汁或奶昔的東西，不要給他們茉香綠茶走甜。

現在常喝的台飲店，台灣那邊好像能買蜂蜜烏龍；香港店應該沒有了，最多點杯人參烏龍加蜂蜜。想喝就會在杯櫃深處拿出搖酒器來，自己用力搖一杯。泡茶的話，我喜歡清香型的烏龍。做茶飲的話，清香烏龍冰過會變淡，最好用濃香型的。不要用蜜香烏龍，會浪費烏龍本身的香氣。在放涼的茶裡加些冰、稀釋的蜂蜜，快速搖出雪白泡沫，倒在高腳杯裡，冰也放進去。

如果十年後把這裡的家收掉，一起去台灣賣茶餐廳奶茶、檸茶，然後天天喝蜂蜜烏龍，你覺得這種生活怎樣？我覺得應該不會太好，因為我們已到了喝蜂蜜烏龍走蜂蜜的年紀。更重要的是，很喜歡別人的蜂蜜烏龍的，只有我們；別人並沒有很喜歡我們的奶茶和檸茶。

我反問P說，如果你先走一步，那我十年後應該繼續一個人去台灣賣檸茶？應該啊，你要去找個愛喝蜂蜜烏龍，而且能替你把那壞掉的天花燈，整個拆下來的人。他一邊說，一邊在網店訂購一盞新的磨砂玻璃燈。

第八部

點心部

H1

248

克力架

在村上春樹某小說的中譯本裡，讀到「奶油梳打餅乾」，不知道是甚麼餅食。隨意查一下，大多說是 cream cracker，即是「克力架」了。村上春樹會提到不甜不鹹的克力架嗎？猜想是概譯使然。借來日文原著核對，原來是「芝士夾心餅」（cheese cracker）。芝士是屬於村上春樹的。

Cream cracker 的中譯很有趣。除了「奶油梳打餅乾」和「克力架」，一九六二年《中國學周報》的「嘉頓」廣告、《華僑日報》的「馬寶山」廣告，皆譯作「忌廉克力架」；而一九六四年的《伴侶》「振興」廣告，則作「鮮牛油克力架」。喬伊斯（James Joyce）《都柏林人》（*Dubliners*）的〈兩姊妹〉（*The Sisters*），也有 cream cracker，某中譯本作「奶油餅乾」；而藍山居（古蒼梧）在一九六六年《中國學生周報》裡翻譯的版本，則是「忌廉餅」。

「奶油」、「忌廉」，以及「鮮牛油」，都是 cream。Cream 指「牛油」，應沒有可疑之處，另可能指向用「擂油法」（creaming method）來做克力架的意思。如此看來，「克力架」本來指cracker，而不是cream cracker。至於「忌廉」，應看成音譯了。有些食譜指克力架的cream是「鮮忌廉」、「鮮奶油」，強調自己的是cream cracker with real cream；這反而像用雞尾來做的「雞尾包」。

克力架源自愛爾蘭，味道廣受世界各地歡迎。名廠「積及」（Jacob's）在都柏林、英國是兩所不同的公司，各自生產配方相異的克力架。我挺喜歡克力架那種發酵後又鬆又脆的質地，像多士。積及、嘉頓都吃，還有一種叫「較較餅」。我的吃法平庸，也像吃多士一樣，配濃湯、抹牛油果占、鋪車打芝士。疊上忌廉芝士（cream cheese）和煙三文魚、刁草，下酒很美味。

在喬伊斯的〈兩姊妹〉裡，克力架配的是雪利酒（sherry）。敘述者「我」是個愛爾蘭都柏林少年，他隨家人去瞻仰相熟神父的遺容時，神父的兩個姊妹端出克力架配雪利酒奉客。少年生怕在安靜悲傷的屋子裡吃克力架，會發出很大的聲音——卡卡、卡卡卡——於是拒絕吃餅，讓姊妹不大高興。這對姊妹好像酵母一樣，聊天時不斷呼叫神父的名字：poor James，poor James，讓神父生前可憐又詭異的動靜，在謠言間悄悄發酵。少年一直聽著，雖沒在吃又鬆又脆的克力架，但還是有點消化不良，主動伸手去取雪利酒解膩。

喬伊斯雖生於作為英國屬地的愛爾蘭，但不肯當 poor James。他如克力架一般，離開那堆在宗主國下匍匐不前的脆弱靈魂。我們現在買到的克力架，都不用牛油來烤，再也不是喬伊斯吃到的風味了。問問身邊年輕人，誰愛吃克力架？都像都柏林少年，擺手搖頭。勸少年吃克力架很難，勸村上春樹吃似乎比較容易——鋪個芝士就行。卡卡、卡卡卡，要 cheese and crackers。抹 cream cheese。不要 poor James。

H2

熱可可

臨近聖誕，超級市場又在貨架堆起朱古力山。我喜歡朱古力，但香港並不是一個很適合吃朱古力的地方。再優質的朱古力，我也不敢買來送禮，很害怕朱古力會在誰的背包裡融掉。送別人可可粉倒不錯，可以室溫保存；有些包裝精美優雅，我最喜歡那些要用叉尾撬開蓋子的金屬罐。

美國有部叫《北極快車》（*The Polar Express*）的聖誕節繪本，提到了平安夜的可可粉。《北極快車》是個講述一個小男孩，因在平安夜聽到窗外的鈴鐺聲，而坐上開往北極的火車，去見聖誕老人的故事。在湯漢斯（Thomas Jeffrey Hanks）擔綱的《北極快車》動畫裡，有一幕由火車侍應和廚師，為車上小孩沖煮熱朱古力（hot chocolate）的歌舞，挺讓人津津樂道。至於畫風樸素、氣氛安靜的繪本原著，為小孩送上的不是熱朱古力，而是熱可可（hot cocoa）和鳥結糖夾心朱古力（candies with nougat centres）。

顧名思義，熱朱古力用朱古力煮成，熱可可則用可可粉。香港把 cocoa

叫成「哈咕」、「谷古」、「谷咕」，比「可可」活潑。記得一九五〇年代有一則新聞，報道了「壽星公煉奶」和「金鷹牌哈咕粉」合作派發贈飲的消息。繪本原著作者艾斯柏格（Chris Van Allsburg）生於美國密芝根州（Michigan）的東大急流城（East Grand Rapids），也就是《北極快車》的取材地；所以繪本裡的熱可可，就是美式熱可可。繪本裡的小男孩說，他們喝的熱可可，濃厚得像融掉的板狀朱古力（as thick and rich as melted chocolate bars）；也許是為了這個緣故，動畫版乾脆說成熱朱古力了。

傳統的美式熱可可，質地比較稀。熱可可的煮法，基本上是先把可可粉、砂糖、鹽用清水開成漿，加熱煮稠，再用熱牛奶兑開。參考美國可可粉老牌子「好時」（Hershey）的一九五〇年代熱可可食譜，只用一湯匙可可粉、一湯匙糖、少許鹽，來兑大約五十毫升清水和二百五十毫升牛奶。用料很經濟，但味道頗淡。

我很少用「好時」和「吉百利」（Cadbury）的可可粉。家裡放著的是Van Houten；應該就是與「壽星公」派贈飲的「金鷹牌」了，味道濃郁得多。如果要as thick and rich as melted chocolate bars，可以這樣煮：兩湯匙可可粉與一百毫升鮮忌廉開成漿，加熱後用熱牛奶逐少兑開，至喜歡的濃度就停下；添份量合宜的糖、鹽，最後用任何一種雲呢拿調味料來提味。

小男孩終於遇到了聖誕老人，並得到一枚掛在聖誕雪橇車上的、鈴聲只有小孩才能聽見的銀鈴鐺。直至小男孩長大成人，他的妹妹、朋友開始聽不到鈴聲了，但他依舊聽見。鈴聲所指簡單不過，就是心裡的信念。願長大的人，在這個平安夜，都懂得慈祥地，把好像熱可可、銀鈴鐺那樣溫暖的信念、善良的世界，珍重地放在年輕人手裡。

H3

256

鮮油多

讀報紙資料時，無意間看見一則港聞，標題是「汽油站漏夜起價　教車師傅昨晚入油時油已加價　慨嘆行遲一步唔見奶茶油多」。「唔見奶茶油多」指的，似乎不是加價幅度很厲害，而是「食少一餐」的意思。心血來潮，找出附近兩所茶餐廳的外賣紙來看，多士茶餐現在是二十七、二十八元，就是半頓午餐的價錢。

「奶茶油多」份量不足一頓飯，可以當作早餐、晚餐前用來「墊肚」的茶餐，或者是歇腳零食。我爸逛街時，中途很喜歡找地方喝奶茶、吃多士。小時候以為阿爸肚餓，長大後才知道是逛累了。

在綠騎士的小說〈蝦頭〉裡，蝦頭和牛奶去餐廳談天時，點的也是兩份奶茶、油多。蝦頭不知道應否去夜校讀書，就借牛奶去買菜，其實是想找人傾訴煩惱。牛奶的反應卻一直興趣缺缺，催著蝦頭趕快吃油多，最後急得哭了出來。數日後，蝦頭方發現，牛奶遇上了比去不去夜校讀書複雜得多、困難得多的煩惱。

油多指「牛油多士」，指向四種多士：塗上人造軟牛油的單片多士、塗上軟化的室溫鮮牛油的單片多士、夾進固體凍人造牛油塊的雙片多士，以及夾進固體凍鮮牛油塊的雙片多士。冷吃的話，鮮牛油（butter）與人造牛油（margarine）的味道尚算相似；加熱後則大有不同。

人造牛油是用不同植物油加工而成的牛油代替品，音譯的名稱是「馬芝蓮」。中學的時候，家政課的烘焙食譜經常用便宜的固體人造牛油，來代替鮮牛油；而罐裝的人造牛油則可在常溫保存，用起來很方便。加工用的植物油是液體，須經氫化（hydrogenation）變成固體，含有很多壞脂肪；加熱後風味不佳，人工味道非常明顯，與鮮牛油是兩碼子的事。超市現在還是買得到人造軟牛油，但固體的已很少見。

阿爸很少點油多，他點西多。偶爾高興起來，他就不點西多，點鮮油多。以上說的最後一種牛油多士，就是鮮油多了。鮮油多的吃法與菠蘿油很相似，就是在溫暖的包點裡夾進冰凍的、尚未開始融化的鮮牛油塊。做的人要爽快，吃的人要更加爽快。鮮牛油最好是帶鹽的（salted butter）；更豐富的話，可以在牛油塊上灑點砂糖。

不計西多，茶餐廳和冰室裡最受歡迎的麵包小食，大概是菠蘿油；但我比較喜歡鮮油多。鮮油多用上的鮮牛油塊，通常厚四分之一厘米或半厘米，菠蘿油則至少是半厘米。按整體份量而言，鮮油多的鮮油份量可以是菠蘿油的兩至四倍，視乎不同店家而定。

鮮油多配奶茶不好，過膩，最好配無奶無糖的熱紅茶。去邊方包烘後略為降溫，夾進四片正方形或兩片長方形的鮮牛油塊；然後立刻安靜地吃掉，不要跟誰聊天。吃光後也沒空聊天，因為要喝些溫熱的紅茶，讓牛油香在說不出口的心事裡融掉。

紅豆冰

P在茶餐廳帶外賣炸雞髀和紅豆冰回來，抱怨餐飲轉紅豆冰居然要多付十二元。我們把外賣袋打開，看見兩杯紅豆冰的紅豆不到杯的四分之一；奶不是花奶，是稀釋的煉奶，浮著大量冰粒。就是一杯很甜的冰水的味道。

難怪廣成冰室比從前更受歡迎。我們從小就很少光顧廣成，因為從前在石湖墟吃紅豆冰的地方太多，就沒有特別想要去。廣成現在的紅豆冰仍有大量紅豆，配個錐形刨冰，的確比一般茶餐廳的實在得多。

想要在餐廳花小錢來消磨時間，點紅豆冰最好，慢慢喝光紅豆奶後，又再慢慢吃掉紅豆。辛其氏的〈白房子〉，便寫到用紅豆冰來消磨時間的情節：

記得念小學時有一年放暑假，姑姑帶我到中環安樂園餐廳吃紅豆冰。她拿出一大疊寫滿字的筆記本，跟一位叔叔比來劃去塗塗改改，談了好長的一段時間。紅豆冰吃光了，我在卡座上翻高爬低無所事事，顯然有點不耐煩。

點杯雪糕紅豆冰，可以坐得更久。

在家做紅豆冰也很容易。一九六〇年代家常食譜裡的紅豆冰，會用上這些材料：紅豆、砂糖、水、碎冰、花奶。做法就是用砂糖和水煮熟紅豆，放涼冷凍，再加入碎冰、花奶，做成紅豆冰。有些餐廳會用鮮奶，我則較喜歡花奶的味道。煉奶可以用來調味，但不要只用煉奶；先用花奶稀釋，也要減些煮紅豆的糖。

煮紅豆冰的紅豆跟煮紅豆沙的方法不一樣，必須有沙又有豆，簡短的家常食譜不會仔細說明。如果都把紅豆全都煮成沙，紅豆冰會變成紅豆奶。一下子喝光，就沒有賴在餐廳不走的理由了。煮的時候不要放陳皮，水份比煮紅豆沙的減半，小火煮，當心燒乾；一開始就可以放糖，比較入味。煮至紅豆變軟但外皮未破，取出三分之二的原粒紅豆。剩下的紅豆和湯汁拿去拆沙，即去皮磨泥，回鍋大火收水成沙，再放回原粒紅豆拌勻。用真空煲來煮的效果不俗，紅豆外形完整而質地軟糯。

我沒有早於一九六〇年代的紅豆冰食譜，但讀過一九四〇年代的紅豆冰新聞。原來香港政府有一段時間認為，紅豆冰用刨冰和凍的熟紅豆來做，製法有欠衛生（大概是溫度問題），容易傳播疫病，就禁止食店販賣紅豆冰。當時有家餐室，因賣紅豆冰而上了法庭。衛生幫辦稱，這種紅豆冰

「對市民生命有危險」，看來絕不兒戲。

至於辛其氏〈白房子〉裡的那杯紅豆冰，也是危險的。〈白房子〉裡的姑姑愛麗絲是個筆名叫「若水」的編劇，與跟她合作的已婚導演明偉拍出真情。敘述者「我」當時只是個無聊地吃著紅豆冰的小學生，哪裡知道「明偉叔叔」和姑姑那份禁忌裡的甜蜜呢。

紅豆冰現在不危險了，我們卻吃到昂貴又難吃的加糖冰水。不危險的東西，也不一定能予人幸福。

紅豆冰

（五杯份）

材料

紅豆：350克

砂糖：250克

花奶：500毫升

碎冰：適量

做法

① 紅豆沖洗後，與糖下鍋。加入紅豆四倍的清水，煮沸後轉小火慢燉。

② 紅豆軟身後，取出三分之二。

③ 剩下三分之一的紅豆連湯水，以濾網、隔篩之類壓成汁狀，隔去外皮。

④ 紅豆汁回鍋，拌煮至水份收乾成蓉。熄火後拌入原粒紅豆。

⑤ 紅豆蓉放涼後，置於雪櫃備用。

⑥ 按口味於杯中倒進紅豆蓉一份、碎冰、花奶一百毫升即成。

心得

紅豆蓉不宜只做一、兩份，這樣很容易煮焦。

H5

264

煨番薯

某回看到一九六〇年代舊報紙上刊登的「常識問答準決賽」紀錄，其中一道挺有趣：

問：「生番薯、熟番薯及煨番薯何以甜味有別？」

答：「番薯成份有水與澱粉，澱粉本身並不甜，只有分解成糖之後，才有甜味，把番薯加熱，可以促進澱粉變糖，煨（後）水份更蒸發，故更甜。」

讀到這問答以前，我從沒想過，「煨番薯」可以是種「常識」。焓熟、隔水蒸的，總沒街頭小販賣的、燒烤炭爐裡的番薯那麼軟糯香甜，原因正在於溫度與水份。

東漢《說文解字》以「煨」為「盆中火」；清代《說文解字注》補充為「埋物灰中令熟也」，兩者就是在盆裡以煤炭、木炭等生火，煮熟食物的意思。粵語的歇後語「番薯跌落風爐」、「番薯跌落灶」均指「該煨」，又可見「煨」與風爐、廚灶的熱灰有關。

現在我們不在家起炭火，但煀番薯還是能做。洗淨番薯，放進焗爐，以攝氏二百度烤四十分鐘以上；或先用清水小火連皮焓十五分鐘，當心不要讓外皮裂開；焓後取出晾乾，刺小孔，再烤三十分鐘。如只用多士焗爐，則先包上錫紙來烤；軟身後取去錫紙，烤至微焦。有些人會先用糖水來焓番薯。我不用糖，覺得這不是番薯的甜。

番薯品種五花八門，皮的顏色主要是黃、紅、紫；肉的顏色又有黃、橙、紫。香港主要以肉心的顏色來區分番薯，要「黃心」，有時候得到一隻黃皮，有時候是紅皮。所謂的「黃心」，深淺不一；有的偏橙，有的偏白。從前多為紫皮紫心、黃皮黃心。去燒烤的日子，會問菜販「有雞蛋黃嗎」，每次都很緊張。紫皮紫心有獨特的清甜，也美味；但沒有黃皮黃心的軟糯。現在則以紅皮黃心、紅皮橙心當道了。

葉靈鳳在《香港方物志》的〈薯仔和番薯〉裡説，香港有「紅心番薯」、「白皮番薯」，以及紫色的「檳榔番薯」。「檳榔番薯」固然是紫心，但「紅心」、「白皮」是甚麼？香港少有北方的「紅薯」、「白薯」説法，更不會説成上海的「紅心山芋」。我猜「紅心」是紅皮橙心或偏向橙色的紅皮黃心，而「白皮」是黃皮黃心。

有一點我更不明白，就是葉靈鳳説「香港人不吃『烘山芋』」。《香港方物志》初稿寫於一九五三年，而常識問答已見「煨番薯」。他指的「不吃」，可能是一九五〇年代初的事情。若此說屬實，那麼，香港人何時開始煨番薯？這比常識問答的問題更有趣。

我不大相信葉靈鳳的話。一九五〇年代還未懂得煨番薯的美味？這樣的人未免太笨，我不願信。《西遊記》的齊天大聖曾受「火部眾神放火煨燒」，卻「不能燒著」。番薯和馬騮精一樣只該煨，不該絕，煨過是金睛火眼。至於我們呢，這麼喜歡吃煨番薯，大抵也是該煨的。

鹹豆漿

在寫關於居港上海人飲食生活的短稿時，讀到很多店名和菜名，就很想吃鹹豆漿。四歲以前，我在十三街一帶生活，父親那時候常常給我們買粢飯、甜豆漿、熱豆漿和鹹豆漿。

我不知道父親光顧的是甚麼店；可能是走過去九龍城買的，也可能是下班回家時，在銅鑼灣買的。那些粢飯的餡料很豐富，大啖是油炸鬼、榨菜；鹹豆漿材料與粢飯相似，濃郁得像碗粥。搬到新界後，我才知道有些店的粢飯不會放油炸鬼，而且不大常見在賣熱豆漿、鹹豆漿的店。豆漿可以弄熱和去糖嗎？我有時請求店家。他們都搖搖頭說，豆漿送來時已經是甜的啊。有些店家會好心給我煮熱。從此，我心裡多了一碗「甜熱豆漿」。

也許是因為父母都喜歡吃熱豆漿和鹹豆漿，所以他們會教我們說「甜豆漿」、「熱豆漿」和「鹹豆漿」。「甜豆漿」指冰凍的甜豆漿，「熱豆漿」則不放糖。上了中學，我漸漸察覺，很多同學心裡只有一種「豆漿」，就是我家所說的「甜豆漿」，又甜又冰凍。

翻翻提到「豆漿」的香港舊報紙，常常是豆漿夏天旺季暢銷的消息，確多指又甜又冰凍的豆漿。這大概是廣東人的口味。甜豆漿、熱豆漿和甜熱豆漿沒有餡料，可以配其他油器、包點。溫健騮在新詩〈風情〉裡配的是「饅頭」；辛其氏在小說《紅格子酒舖》裡配的是「燒餅」；西西在小說〈玫瑰阿娥的白髮時代〉裡配的，是「大餅油條」。

鹹豆漿不是廣東口味，是江浙口味。廣東人把它視為是「上海菜」。它固然可以配搭其他糕餅；但材料很多，一味已很飽。李維羅在新詩〈一個爵士下午〉寫道：「一碗麻油鹹辣肉片豆漿／一片長方形的山東芝麻燒餅夾德國香腸　和　美式火腿　肉片／一盤海鮮辣麻油涼麵／一碟冰鎮櫻桃」。這碗「麻油鹹辣肉片豆漿」未必來自上海；但吃過後，我最多只能再添幾顆櫻桃。

到了現在，其實我仍不肯定傳統的鹹豆漿必須加進甚麼；榨菜、油炸鬼以外，還可能有菜脯、蝦皮、紫菜、蛋絲等。T祖籍上海，本想問他家裡的鹹豆漿如何煮。怎料尚未開口，就突然收到他寄來照片，說自己在吃人生第一碗鹹豆漿，覺得很難吃。

我家附近沒賣鹹豆漿，暫且亂做一下。湯碗放醋、豉油各一匙，一點點糖；清淡用茶匙，濃郁用湯匙。櫻花蝦炒香，榨菜切碎，油炸鬼切片烤脆，都放進湯碗裡。無糖豆漿小火加熱，沸騰起泡即熄火撞入湯碗，讓豆漿遇醋凝結、開花。最後灑些麻油或辣油，還有蔥花。

T覺得鹹豆漿很難吃，因他接受不了豆漿變得又鹹又酸，自嘲是個偽上海人。他可是上海人養出了廣東舌頭。鹹豆漿卻不把廣東人養成上海舌頭，而是把上海菜養成了廣東菜。

鹹豆漿

（一碗份）

材料

無糖豆漿：250 毫升
白醋：1 湯匙
生抽：1 湯匙
糖：半茶匙
櫻花蝦：1 湯匙
即食榨菜：1 湯匙
油炸鬼：1/4 條
麻油、辣椒油、青蔥粒：適量

做法

① 於湯碗中倒入醋、生抽、糖。
② 櫻花蝦小火炒香。
③ 油炸鬼切片，用平底鍋或焗爐烤脆。
④ 榨菜切碎。
⑤ 把櫻花蝦、油炸鬼、榨菜放進湯碗內。
⑥ 豆漿小火加熱，沸騰後立即熄火，一口氣從稍高處倒入湯碗。
⑦ 食用前按口味添些麻油、辣椒油、青蔥粒。

H7

桂花糕

一個雙黃月餅、一個梨子、數個芋仔伴著兩湯匙三溫糖，加上一瓶剛從雪櫃取出來的桂花酒，這就是我的中秋餐桌。

王建的詩作〈十五夜望月寄杜郎中〉，是我最喜歡的中秋詩：「中庭地白樹棲鴉，冷露無聲濕桂花。今夜月明人盡望，不知秋思落誰家。」香港有桂樹，但不多，冷露無聲濕桂花之境難得，賞桂要靠杯中桂香。桂花酒是平民酒，味道不算精緻，冰過卻很順喉。

中秋過後，桂花酒還可以用來做桂花糕。桂花糕種類繁多，有的用藕粉、糯米粉、馬蹄粉，也有不加澱粉的；有的蒸熟，有的冷藏。用桂花酒來做冷藏的桂花糕，味道比用桂花糖（糖桂花）來做的更豐富。

桂花糖是經典食材，屬「糖貨」一類。因桂花又名木樨、木犀、木樨；所以舊食譜既有「木樨醬」，也有「桂花糖」。民國李公耳的《家庭食譜》有「木樨醬」，以桂花（木樨花）、糖、梅、明礬製成；桂花用明礬汆水，不經熬煮。時希聖的《家庭食譜三編》，則在李公耳的「木樨醬」裡再添熬成濃汁的糖，煮成膏狀，是為「桂花糖」。現在買到的桂花醬、桂花釀、桂花糖，與民國時代已非相等；尤其是桂花糖多似蜜糖，不再濃稠如膏。

蒸的桂花糕用澱粉成形，成品濕潤軟糯，如《紅樓夢》裡的藕粉桂花糖糕、新栗粉糕；用濃郁的桂花糖來做，香氣比較耐火。桂花拉糕則先蒸熟糯米粉和澄麵，蒸好再澆上糖份，也與桂花糖相襯。

若做冷藏凝固的桂花糕，我不會用桂花糖。冷藏凝固的桂花糕不加澱粉，用魚膠、寒天來凝固桂花茶。桂花糖的顏色不穩定，難以控制色調，而且甜味明顯，苦味淡薄；如不小心把晶瑩的桂花糕做得甜膩，反失其美。用乾桂花泡茶，湯色金黃，味道微甘帶苦；加上桂花酒香，餘韻更是悠遠。

取一掌心乾桂花，泡成六百毫升的桂花茶。趁熱過濾桂花，然後用一半茶湯泡軟十五克魚膠片，下適量冰糖、桂花，細火加熱。魚膠片、冰糖融化後熄火，拌入另一半茶湯，再添三湯匙桂花酒，就可以放涼冷藏了。桂花沉在盤底不好吃，宜在冷藏一小時後攪拌一下。如用五百毫升茶配四克寒天粉，過濾桂花後應一口氣加熱所有茶湯和冰糖，熄火後可於室溫成形。寒天的凝固速度非常快，須一直觀察，及時攪拌。

桂花泡茶真香，我生了好幾次不做桂花糕，直接喝光桂花茶的念頭。

辛棄疾在詞作〈清平樂．憶吳江賞木樨〉裡說，桂花就像小小的一點宮黃，卻有染香整個世界的本事。盡望月明，我們仍有很多想要告訴青天的疑問；恐怕都是自言自語的詰問，永遠沒有答案。誰能在我們心裡，撒下一把木樨？

276

啫喱糖

逛中環的時候，買了一包裝飾甜點用的紙遮仔。小時候上酒樓飲茶，父母會讓我們小孩子帶著點心卡離座，找找自己喜歡的點心車。我喜歡吃與蝦餃、燒賣格格不入的東西，例如炸雞翼、炸薯條、煎秋刀魚（為甚麼酒樓會有煎秋刀魚呢？）；吃飽就再出去找啫喱糖。

吃啫喱糖，為的是那把插在啫喱糖上的遮仔。啫喱糖上一把遮。母親不喜歡我們在家把玩雨遮，尤其拒絕買油紙遮，覺得陰風陣陣；只有遮仔例外。我小心翼翼地用紙巾把遮仔抹乾淨，帶回家給Barbie擋太陽和配衣服。數天開開合合，遮仔的牙籤遮骨仍然不怕折斷，但紙遮面慢慢撐破。

P說他可以在家把玩雨遮，但他母親不大樂意讓他點啫喱糖，認為啫喱糖成本太低不划算，小孩只是「貪把遮」。若不用果汁來做，啫喱糖就是啫喱粉和魚膠粉和砂糖。也是啊，貪把遮，每次去光顧Paul Lafayet前，我心裡都高高興興地想著，吃光甜點後剩下來的小圓杯盤。

從前辦大食會，大家會搶著做啫喱糖，覺得做起來乾乾淨淨又好看。

很多時候，做啫喱糖的人會直接用錫紙長盤來凝固啫喱糖，拿到會場後才切成方塊、撒些椰絲。有些會做成鴛鴦顏色。啫喱糖的確比啫喱更好，小立方體很單純，沒有餡料，方便在熱鬧的地方用牙籤吃；而且比較耐放，不會一下子就出水。我從沒有獲派做啫喱糖，否則會在糖上放很多遮仔。我是每天都帶遮的人。

我們最常吃的，似乎是羅拔臣（Robertsons）啫喱粉所做的啫喱和啫喱糖。舊報紙裡提及的國產啫喱粉，我未曾見過；倒是翻《中國學生周報》時，會遇上羅拔臣啫喱粉廣告。試過買Jell-O的，但總覺得有點不對勁，那不是心裡頭那種人工香味。廉價的快樂，細節不用太多，反正快樂不會長大。

現在很少人為大食會做啫喱糖了，外面賣啫喱糖的地方亦不多；遮仔也不常見。一旦在餐廳自助沙律吧裡看見啫喱糖，雖然跟沙律醬、粟米粒、生菜絲明明不搭，但還是想要夾起數塊來。偶然會吃到本地餅店那些，在鮮忌廉裡夾著啫喱糖的生日蛋糕。蛋糕賣得便宜，用啫喱糖來扮水果塊。我並不是一開始便知道，黑森林蛋糕夾層裡的應是車厘子，而不是車厘子味啫喱糖。這種蛋糕也不適合送人，予人寒酸的感覺，哪怕是想送給曾與你一起做過啫喱糖，或者為你遮風擋雨的人。

包裝盒上的啫喱糖食譜說，要額外放八十克砂糖，是生命中不能承受的青春。在數盒不同顏色的啫喱粉裡，各添些魚膠粉和數量減半的砂糖，沖進沸水，攪拌後放涼、冷藏、切塊、混合。椰絲只撒在其中數塊就好，沒有撒椰絲的更滑。把遮仔打開。

檸檬愛玉凍

看見貨架上的台灣青皮檸檬，就想要吃檸檬愛玉凍了。「愛玉凍」是用「愛玉籽（子）」製成的果凍。愛玉籽是台灣特有植物「愛玉」所結果實，加工後在水裡揉搓，能釋出無味果膠，讓水凝固成凍。由於愛玉凍的成份只有果膠和白開水，因此單吃就只有水的味道，要拌些生果、糖水。

傳統愛玉凍是手工點心，成品是否好看、好吃，端賴製作者的手藝。楊索在〈愛玉凍〉裡提及，她二叔賣的愛玉凍由二叔的「力氣活」所得，形態漂亮，「柔嫩燦黃」。製作愛玉凍的方法，叫「洗愛玉」。去年暑假，我吃到M即席洗出來的愛玉凍。M並不事先量好愛玉籽的份量，只隨意把一堆愛玉籽倒進紗布袋，然後在盛滿白開水的大湯碗裡揉搓紗布袋，好像在洗手帕。一邊洗，一邊留心白開水的變化。

數分鐘後，碗裡還是沒有動靜，於是M又多添些愛玉籽。繼續洗著洗著，本來會隨M雙手轉來轉去的白開水，突然膠著不動，原來已凝固了。我明明目不轉睛地盯著M湯碗裡的水，卻沒能看清愛玉籽與水在無色之處所起的變化。只有親手洗愛玉的人，才能實在感受白開水成凍的剎那。

連橫在《台灣通史》（一九二〇年）裡說，「愛玉凍」是道光年間發明的點心，可清涼解暑。我不知道「道光之說」孰真孰假；但連橫之言至少可證，愛玉凍是種民國時已在吃的點心。這種點心彷彿來自遙遠的歷史，至今仍很受歡迎，但成分各有不同。現在買到的愛玉凍，有些是用海藻粉、魚膠粉仿製的。朱振藩在〈神奇愛玉透心涼〉裡說，有些店家會在愛玉凍中添加黃色色素，他「不敢領教」。真正用愛玉籽做出來的愛玉凍，淡黃、微韌，不會像用海藻粉、魚膠粉仿製的那樣彈牙。

自從吃過M的愛玉凍，我也開始在家洗愛玉了。把雙手徹底洗淨，用白開水稍稍沖洗愛玉籽，然後把愛玉籽放入雙重茶袋，在白開水中輕輕揉搓。若白開水中沒有礦物質，就不能成凍。兩人份量，大概五分鐘。成型即放進雪櫃三十分鐘，取出切塊，配檸檬汁、蜂蜜水吃。天然愛玉凍咬下去有點脆。看起來是冰，吃起來是凝固的水。帶著洗愛玉所產生的氣泡；也伴著永不屬於愛玉凍的、來自蜂蜜和檸檬的清香。

愛玉凍不耐放，做好一直放著不吃的話，就會慢慢變回水狀。想要知道愛玉凍是否天然，放著不吃就可以。我總是立即吃光做好的愛玉凍，不知道它是如何融掉的。手工、傳統、天然……我們努力用各種概念，來形容這塊屬於歷史的美玉。能夠自碗中年華老去的，方為真實；只是，那個消失的一剎，誰忍心看。

●小食部　鄒芷茵

286

● 後記

我常常夢見小學那個 tuck shop ;那個小食部。長方形的設計,人龍靠著灰牆排起來。買的都是包裝零食,沒有熱食。最便宜的是紫菜,兩毫子;接著是魷魚乾,五毫子。大家一個接一個,踏上用來墊高自己的長凳,敏捷地抓住想要的東西。

那張長凳的凳面異常狹窄,放不下大腳掌;底部更窄,人站得多,就有翻倒的機會。很久很久以後,我才知道它叫「體操凳」。我們不知不覺之間,跳了好幾年的體操。神奇的是,它一次也沒有翻倒過。

謝謝後話文字工作室的阿修、阿園、穎詩,再次接住我的小心願,並得妙妍、卓言費神協助校對。謝謝畫家麥東記、設計師 Ck,你們賦予這書一切美麗。

謝謝陳靜宜老師、饒雙宜老師。拜讀兩位大作,每每滋味無窮,早已著迷。幸獲自己一直非常敬佩的作家撥冗賜序,是世上最夢幻的事情。謝謝詩詠、阿炮、子謙情義相挺,贈我良言,讓我有了努力寫作的力量。

本書初稿大多來自《明報.世紀》,其餘都刊在《聲韻詩刊》。謝謝《明報》黎佩芬小姐和所有曾合作的《明報》編輯、美術朋友;《聲韻詩刊》子江、畫家洋小漫。承蒙諸位邀請、照顧,《小食部》方有機會與大家見面。謝謝香港藝術發展局資助出版。謝謝所有喜歡這書的朋友。引述、行文雖經多番考量，惟有疏漏，誠為己過。未妥之處，敬候斧正。

謝謝各方關照扶持的長輩、文友，以及伴隨左右的學生。常常在餐桌、書堆、香氣和琴鍵之中相見的子謙、振豪、露明、凱琳、夢婷和納禧，每次行到寂寞處，來回呼喊，總有你們的回聲。謝謝寶城努力吃光文字、插圖和生活所藏的味道。

買到零食後，從長凳的末端輕輕跳下來，走向有蓋操場。外面或者下著雨，或者灑滿陽光。願小食部常與我們同在。

《小食部》參考資料

註：以下版本並非以初版為本，按姓名或刊名之筆畫順序列出。部分作品譯者眾多，無法全部查明。

一．專書

1. Bullock, Tom. *The Ideal Bartender*. St. Louis: Buxton and Skinner Printing and Stationary Co., 1917.
2. Dahl, Roald. *Charlie and the Chocolate Factory*. London: Puffin Books, 2007.
3. Dern, Judith H., Janet Laurence and Anna Mosesson. *The Scandinavian Cook Book: Fresh and Fragrant Cooking of Sweden, Denmark and Norway*. Wigston: Southwater, 2013.
4. Van Allsburg, Chris. *The Polar Express*. Boston: Houghton Mifflin, 1985.
5. Wilson, Mary A. Mrs. *Wilson's Cook Book Numerous New Recipes Based on Present Economic Conditions*. Philadelphia: J.B. Lippincott, 1920.
6. 中原亞矢（中原アヤ）著；倪萱理譯：《請和這個沒用的我談戀愛》(ダメな私に恋してください)，台南：長鴻，2014 年。
7. 田漢：《田漢全集》，石家莊：花山文藝，2000 年。
8. 白居易：《白氏長慶集》，上海：上海古籍，1994 年。
9. 吉永史著；王詩怡等譯：《昨日的美食》(きのう何食べた？)，台北：尖端，2019 年。
10. 多田薰著；張美珠等譯：《淘氣小親親》(イタズラな Kiss)，台北：東立，1996 年。
11. 安伯托．艾可（Eco, Umberto）著；張定綺譯：《帶著鮭魚去旅行》(*Il Secondo diario minimo*) 台北：皇冠，2000 年。

12. 安倍夜郎著；丁世佳譯：《深夜食堂》，台北：新經典，2011 年。
13. 朱自清：《朱自清全集》，台北：文化圖書，1976 年。
14. 朱振藩：《循循膳誘》，台北：龍時代，2014 年。
15. 朱野歸子著；楊明綺譯：《我要準時下班！》（わたし、定時で帰ります。），台北：采實文化，2019 年。
16. 江獻珠：《粵菜真味 2 魚鮮篇》，香港：萬里機構，2010 年。
17. 老舍：《老舍全集》，北京：人民文學，1999 年。
18. 西西：《我城》，香港：素葉，1979 年。
19. 西西：《像我這樣的一個女子》，台北：洪範，1984 年。
20. 吳承恩：《西遊記》，香港：商務印書館，2002 年。
21. 吾峠呼世晴著；林志昌譯：《鬼滅之刃》（鬼滅の刃），台北：東立，2018 年。
22. 李元璋：《風城味兒：除了貢丸、米粉，新竹還有許多其他》，台北：遠流，2018 年。
23. 村上春樹著；村上陽子攝影；賴明珠譯：《如果我們的語言是威士忌》（もし僕らのことばがウィスキーであったなら），台北：時報，2004 年。
24. 村上春樹著；賴明珠譯：《尋羊冒險記》（羊をめぐる冒険），台北：時報，2016 年。
25. 汪曾祺：《汪曾祺全集》，北京：北京師範大學，1998 年。
26. 辛其氏：《紅格子酒舖》，香港：素葉，1994 年。
27. 辛棄疾撰；鄧廣銘箋注：《稼軒詞編年箋注》，上海：上海古籍，1993 年，增訂本。
28. 芥川龍之介著；彭春陽譯：《芥川龍之介短篇選粹．輯一（小說）》，新北：木馬文化，2016 年。
29. 夏宇：《88 首自選》，台北：夏宇，2013 年。
30. 時希聖：《家庭食譜三編》，香港：心一堂，2015 年。
31. 袁枚撰；周三金等注釋：《隨園食單》，北京：中國商業，1984 年。
32. 張愛玲：《第一爐香：張愛玲短篇小說集之一》，香港：皇冠，1996 年。
33. 張愛玲：《第一爐香：張愛玲短篇小說集之二》，香港：皇冠，1996 年。
34. 曹雪芹、高鶚著；脂硯齋、王希廉點評：《紅樓夢》，北京：中華書局，2009 年。

35. 梁秉鈞：《游離的詩》，香港：牛津大學，1995 年。
36. 梁秉鈞：《蔬菜的政治》，香港：牛津大學，2006 年。
37. 梁實秋：《雅舍談吃》，台北：九歌，2009 年，增訂新版。
38. 許慎撰；段玉裁注：《說文解字注》，上海：上海古籍，1988 年。
39. 連橫著；臺灣銀行經濟研究室編：《台灣通史》，台北：臺灣銀行，1962 年。
40. 陳夢因（特級校對）：《食經（上卷）》，香港：商務印書館，2019 年。
41. 陳夢因（特級校對）：《食經（下卷）》，香港：商務印書館，2019 年。
42. 陶潛著；逯欽立校注：《陶淵明集》，北京：中華書局，1979 年。
43. 鳥山明著；鄭禎姝譯：《七龍珠》（ドラゴンボール），台北：東立，1992 年。
44. 彭定求等編：《御定全唐詩》，上海：上海古籍，1987 年。
45. 森下典子著；羊恩媺譯：《記憶的味道》（いとしいたべもの），台北：馬可孛羅，2017 年。
46. 湊佳苗（湊かなえ）著；王蘊潔譯：《山女日記》，台北：春天，2017 年。
47. 舒巷城：《長街短笛》，香港：花千樹，2004 年。
48. 舒巷城：《都市場景》，香港：花千樹，2013 年。
49. 黃仁逵：《放風》，香港：素葉，1998 年。
50. 黃仁逵：《眼白白》，香港：練習文化，2016 年。
51. 黃碧雲：《溫柔與暴烈》，香港：天地圖書，1994 年。
52. 葉靈鳳：《香港方物志》，香港：中華書局，2011 年。
53. 詹姆斯・喬依思（Joyce, James）著；杜若洲譯：《都柏林人》（*Dubliners*），台北：志文，2000 年。
54. 福澤徹三原著；薩美佑繪；張芳馨譯：《俠飯》（侠飯），台北：東立，2019 年。
55. 劉克襄：《四分之三的香港：行山・穿村・遇見風水林》，台北：遠流，2014 年。
56. 樞梁（枢やな）著；尤靜慧譯：《黑執事》，台北：東立，2008 年。
57. 魯迅：《魯迅全集》，北京：人民文學，1981 年。
58. 錢雅婷編；禾迪等著：《十人詩選》，香港：青文書屋，1998 年。
59. 關夢南：《關夢南詩集》，香港：風雅，2001 年。

二・期刊、報刊作品

1. 〔作者不詳〕:〈B-B-Q Supply Centre 燒烤供應中心〉,《大拇指》第 65 期(1977 年 10 月),第 5 版。
2. 方禮年:〈那夜,在中灣〉,《大拇指》第 28 期(1976 年 5 月),第 7 版。
3. 王良和:〈曇花.廟街〉,《香港文學》總第 320 期(2011 年 8 月),頁 62–64。
4. 王良和:〈金蘭〉,《城市文藝》總第 68 期(2013 年 12 月),頁 20–23。
5. 王良和:〈來娣的命根〉,《香港文學》總第 385 期(2017 年 1 月),頁 11–21。
6. 禾廸:〈青紅蘿蔔〉,《香港文學》總第 222 期(2003 年 6 月),頁 92。
7. 宇無名:〈海辛印象〉,《香江文壇》總 39 期(2005 年 6 月),頁 18–19。
8. 西西:〈玫瑰阿娥的白髮時代〉,《八方文藝叢刊》第 10 輯(1988 年 9 月),頁 3–15。
9. 西草:〈海灘像停擺的鐘一樣寧靜〉,《聲韻詩刊》第 22 期(2015 年 2 月),頁 51–53。
10. 余乃文:〈野餐〉,《中國學生周報》第 240 期(1957 年 2 月),第 6 版。
11. 余光中〈慰一位落選人〉,《詩風》第 56 期(1977 年 1 月),頁 2。
12. 李國威:〈三會王禎和〉,《中國學生周報》第 1094 期(1973 年 7 月),第 1 版。
13. 李維羅:〈一個爵士下午〉,《詩雙月刊》總第 29、30 期(1994 年 5 月),頁 109。
14. 辛其氏:〈白房子〉,《素葉文學》第 61 期(1996 年 9 月),頁 4–10。
15. 辛其氏:〈飯堂裡的年輕群像〉,《素葉文學》第 34 期(1992 年 3 月),頁 10–15。
16. 東瑞:〈一串燒烤的日子〉,《香港文學》第 116 期(1994 年 8 月),頁 86–88。
17. 波希米亞:〈不遇〉,《作家》總第 49 期(2006 年 7 月),頁 86–97。
18. 施偉諾:〈南北杏〉,《聲韻詩刊》第 23 期(2015 年 4 月),頁 49。

19. 洛謀：〈無關愛情〉，《文學世紀》總第 56 期（2005 年 11 月），頁 80。
20. 胡燕青：〈美孚印象〉，《香港文學》第 172 期（1999 年 4 月），頁 81。
21. 海辛：〈世紀補鑊〉，《文學世紀》總第 16 期（2002 年 7 月），頁 46–48、50–55。
22. 馬若：〈破邊洲遊記——寫給也斯〉，《大拇指》第 85 期（1978 年 10 月），第 6–7 版。
23. 高翊峰：〈料理一桌家常〉，《台港文學選刊》總第 175 期（2001 年），頁 68–71。
24. 國君：〈遠足露營（二）〉，《中國學生周報》第 1057 期（1972 年 9 月），第 11 版。
25. 崑南：〈布爾喬亞之歌〉，《文藝新潮》第 1 卷第 7 期（1956 年 11 月），頁 35–37。
26. 張宏：〈小老闆〉，《中國學生周報》第 516 期（1962 年 6 月），第 5 版。
27. 梁秉鈞：〈都市文化與香港文學：歷史、範圍、論題〉，《作家》第 14 期（2002 年 2 月），頁 95–111。
28. 淮遠：〈那時——記吳仲賢〉，《素葉文學》第 52 期（1994 年 4 月），頁 34。
29. 麥瑞顯：〈燒烤〉，《聲韻詩刊》第 33 期（2016 年 12 月），頁 53。
30. 游靜：〈台北咖啡室的上午〉，《香港文學》總第 221 期（2003 年 5 月），頁 89。
31. 黃燦然：〈無法命題〉，《大拇指》第 212 期（1986 年 1 月），第 2 版。
32. 溫健騮：〈風情〉，《中國學生周報》第 812 期（1968 年 2 月），第 6 版。
33. 綠騎士：〈蝦頭〉，《八方文藝叢刊》第 6 輯（1987 年 8 月），頁 77–88。
34. 劉以鬯〈黑白蝴蝶〉，《文藝新潮》第 2 卷第 3 期（1959 年 5 月），頁 8–9。
35. 適然：〈咖啡的滋味〉，《香港文學》總第 370 期（2015 年 10 月），頁 60–63。
36. 鄭鏡明：〈燒烤記〉，《詩雙月刊》第 10 期（1991 年 2 月），頁 15。
37. 薛興國：〈愈簡單愈有味道〉，《文學世紀》總第 20 期（2002 年 11 月），頁 54–55。

38. 鍾玲：〈香港的山〉，《城市文藝》總第 42 期（2009 年 7 月），頁 15–16。
39. 鍾國強：〈福盛伯〉，《作家》總第 43 期（2006 年 1 月），頁 94–97。
40. 顏純鈎：〈天譴〉，《八方文藝叢刊》第 5 輯（1987 年 4 月），頁 12–20。
41. 顏純鈎：〈公仔麵〉，《華僑日報．文廊》第 47 期（1993 年 9 月），頁 10。
42. 羅隼：〈爐峰社的三十五年〉，《香港文學》第 115 期（1994 年 7 月），頁 43–45。
43. 羅錦泉：〈回家〉：《中國學生周報》第 134 期（1955 年 2 月），第 4 版。
44. 關夢南：〈談食〉，《文學世紀》總第 34 期（2004 年 1 月），頁 74。
45. 羈魂：〈守——長洲露營值夜追記〉，《詩風》第 16 期（1973 年 9 月），頁 1。

三．影視作品

1. Zemeckis, Robert Lee, director. 2004. *The Polar Express.*
2. 多田薰原著；瞿友寧執導：《惡作劇之吻》，2005 年。
3. 多田薰原著；瞿友寧執導：《惡作劇 2 吻》，2007 年。
4. 安倍夜郎原著；松岡錠司等執導：《深夜食堂》，2009 年。
5. 杜文澤執導：《空手道》，2017 年。
6. 杜琪峯執導：《阿郎的故事》，1989 年。
7. 杜琪峯、韋家輝執導：《嚦咕嚦咕新年財》，2002 年。
8. 杜琪峯執導：《柔道龍虎榜》，2004 年。
9. 周冠威執導：《幻愛》，2019 年。
10. 高志森執導：《富貴迫人》，1987 年。
11. 高志森執導：《家有囍事》，1992 年。
12. 張經緯執導：《藍天白雲》，2017 年。
13. 郭子健、鄭思傑執導：《打擂台》，2010 年。
14. 麥家碧、謝立文原著；袁建滔執導：《麥兜故事》，2001 年。
15. 黃綺琳執導：《金都》，2019 年。
16. 楊曜愷執導：《叔．叔》，2019 年。
17. 葉錦鴻執導：《薰衣草》，2000 年。
18. 趙崇基執導：《沙甸魚殺人事件》，1994 年。

四．其他報刊資料來源

1. 《大公報》
2. 《大拇指》
3. 《工商日報》
4. 《中國學生周報》
5. 《伴侶》
6. 《貢丸湯》
7. 《華僑日報》
8. 《新生晚報》

小食部

作者　鄒芷茵
插畫　麥東記
編輯　何杏園　李卓賢
實習編輯　鍾卓言
校對　黃妙妍
美術設計　鄭志偉 @Somethingmoon

出版　後話文字工作室
Email: info@pscollabhk.com
Facebook / Instagram: pscollabhk

印刷　嘉昱有限公司
香港發行　泛華發行代理有限公司
台灣發行　紅螞蟻圖書有限公司
新馬發行　新文潮出版社私人有限公司

版次　二〇二三年八月初版
國際書號　978-988-75002-6-1
建議定價　港幣 150 元
新台幣 600 元

建議分類　①香港文學　②散文　③飲食文學

資助

香港藝術發展局全力支持藝術表達自由，
本計劃內容並不反映本局意見。

工作室贊助